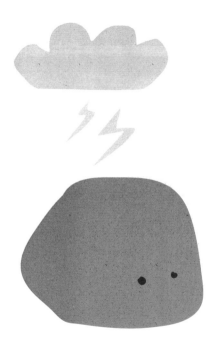

우울증 가이드북

오늘도 우울한 당신을 위한
아주 쉽고 쓸모 있는 안내서

오지은 박우희

위즈덤하우스

우울증이라는 언덕을 헤맨
10년의 시간

정신건강의학과에는 2014년, 그러니까 서른셋부터 다녔다. 지금
만으로 마흔셋이고 연차를 세어보니 올해로 11년 차 환자다.
여러 가지가 놀랍다. 일단 10년이나 빼먹지 않고 성실하게
병원에 다녔다는 것과, 10년 동안 난 대체 뭘 하고 살았는가 하는
의문, 그런 와중에 아니, 내가 마흔세 살이라고? 시간은 대체 왜
이렇게 빠른 것인가.

그렇다. 다양한 놀라움 속에 의외로 '아직도 내가 약을 먹고
있다' 같은 좌절감이나 울적함은 없다. 당연히 기쁘진 않지만
딱히 슬프지도 않다. 그냥 그렇구나 싶다. 병원에 가는 건
나에게는 단순한 일이다. 한 달에 한 번 정도 병원에 가서 증상을

말한다. 잠은 어떻게 자는지, 기분은 어떤지, 나쁜 생각이 드는지, 든다면 얼마나 많이 드는지, 또는 좀 사라졌는지 등을 말한다. 그럼 의사는 약을 늘리거나 줄이거나 그대로 준다. 약을 타고 근처 식당에서 맛있는 걸 먹는다. 이날을 조금 더 괜찮은 날로 만들고 싶기 때문이다. 병원에 가기 싫다는 마음은 별로 들지 않는다. 약이 떨어지면 나에게 어떤 일이 일어나는지 알고 있어서 그런 것 같다. 돌아오는 길에 가방 안의 두둑한 약봉지를 본다. 안도감이 든다.

약은 아침에 한 번 자기 전에 한 번, 이렇게 매일 두 번 먹는다. 낮에는 보편적인(?) 우울증 약을 먹고 밤에는 안정제와 수면제를 먹는다. 영양제랑 꿀꺽 삼킨다. 이렇게 평범하게(?) 지내다가 인터넷에서 "수면제가 없으면 잘 수 없을 정도로 힘든 시간을 보냈습니다" 같은 말을 보면 잠깐 놀란다. 헉, 혹시 나 생각보다 더 힘든 시간을 보내고 있는 건가? 하지만 나는 10년 넘게 이렇게 지내고 있는걸…. 고로 금방 까먹고 하루를 마친다. 센 척도 아니고 허세도 아니다. 이렇게 덤덤할 수 있는 건 아마도 어떤 언덕을 이미 넘었기 때문일 것이다.

우울증 초보들은 언덕을 마주하게 된다. 한 개가 아닌 아주 많은 언덕을. 어떤 사람은 수월하게 넘기도 하고 어떤 사람은 어려워한다. 그 언덕의 이름은 각각 다음과 같다.

설마 내가 우울증일까.

근데 약을 먹는다고 낫긴 할까.

병원비가 비싸진 않을까.

병원에 갔다가 나중에 불이익을 받으면 어쩌지(취업할 때나 보험에 가입할 때).

약에 중독되면 어쩌지.

약 부작용이 무서운데 어쩌지.

약이 점점 늘어 나중엔 약발이 듣지도 않고 증상이 나빠지기만 하면 어쩌지.

의사랑 안 맞으면 어쩌지.

의사가 이런 날 비웃으면 어쩌지.

근데 나는 정확하게 어디가 이상한 거지.

이런 상태를 어떻게 설명해야 하지.

무엇보다 결국 이 모든 것이 그냥 나의 무능과 한심함 때문이면 어쩌지.

근데 잠깐, 내가 미쳤다고?

그런 언덕이 계속되는 구릉지대가 있다. 의문 하나에 언덕 하나. 나는 그곳을 지나왔다. 물론 여전히 눈앞에 새로운 언덕이 보이지만 말이다. 하지만 적어도 그 구릉지대, 우울증 초보 지역은 빠져나온 것 같다. 아무래도 10년도 더 있었으면 그 정도는 해야지(긁적). 하지만 그 언덕 앞에 처음 서는 사람들이 있다는 것을 안다. 그 불안을 안다.

　지금도 누군가는 '설마 내가 우울증인가?' 하고 고민하고 있을
것이다. 또는 '에이, 설마? 아니겠지!' 하며 우울증의 징후를
무시하는 사람도 있을 것이다. 그러다 자연히 상태가 좋아지는
사람도 있을 것이고 슬프게도 상태가 나빠지는 사람도 있을
것이다. 나는 오래전 내가 품고 있던 의문을 이제 처음 안고 어쩔
줄 모르는 사람들을 본다. 인터넷에서도 보고, 친구한테도 본다.
그들은 내가 넘었던 언덕을 외롭게 혼자 넘고 있다.

　각자의 인생, 각자의 언덕이니 결국 각자의 고생으로 넘겠지만
분명 요령은 있다고 생각한다. 나는 이렇게 넘었더니 수월했어,
거기는 경사가 높아서 이 장비를 사용하면 좋아… 이런 팁
말이다. 이렇게 환자들 사이에서 공유할 수 있는 유용한 정보가
있지만 그 팁을 주고받기는 쉽지 않다. 아마도 기본적으로
우울증이라는 세계가 공개적으로 터놓고 얘기하기 쉽지 않은
동네라서일 것이다. 만약 당신이 "건성 피부에 요즘 무슨 크림이
좋대?" 같은 것을 궁금해한다면 묻기도 쉽고 답을 듣기도 쉽다.
(난 요즘 라네즈의 시카 슬리핑 크림을 좋아한다. 아무도 안
물어보셨지만….) 하지만 이 구릉지대, 더 나아가 우울증이라는
대륙의 지도는 손에 넣기 어렵다. 어디가 동쪽인지, 어디가
북쪽인지, 그보다 일단 어디로 가야 하는지, 누구한테 물어봐야

하는지, 무엇을 물어봐야 하는지, 그보다 나는 지금 어디에 있는 건지, 이곳에서 나갈 순 있는 건지…. 그래서 누군가는 눈을 감으면 없던 일이 될까 싶어 그냥 제자리에 있어보기도 한다. 그러다가 어느새 조금 더 나쁜 곳으로 떠밀려 가기도 한다. 적나라하게 말하면 방치하다가 증상이 나빠진다는 뜻이다.

만약 아픈 곳이 마음, 정신이 아니고 발목이라면 상황은 다를 것이다. 발목의 경우, 단순하다. 일단 퉁퉁 부은 모습이 눈에 보인다. 걸을 때마다 통증이 있다. 어딜 봐도 아픈 것이 분명하다. 병원에 가야겠다는 결심이 쉽게 선다. 포털사이트의 지도 서비스에 '정형외과'라고 쳐본다. 환자들의 후기를 읽는다. 아, 이 의사는 친절하대. 아, 여기는 병원이 넓고 깔끔하대. 아, 여기는 대기가 길대. 몇 가지 요소를 기준으로 쉽게 병원을 고를 수 있다.

의사를 만난다. 그는 당신의 발목을 이래저래 만져본 다음 엑스레이를 찍는다. 결과를 보고 여기저기가 수상하다고 한다. 당신이 봐도 그렇다. 이제 당신은 보호대를 하거나, 소염제를 먹거나, 운이 나쁜 경우 충격파 치료를 받는다. 아프지만 오길 잘했다고 생각한다. 늦게 오면 덧났을 것이 분명하다고 생각한다. 이런 상황을 쓸데없이 정확하고 상세하게 적을 수 있는 이유는 이 글을 쓰기 시작할 때 즈음 발목을 삐어 무려 2년이나 정형외과에 다녔기 때문이다. 지금은 나았지만…. 역시 모든 치료는 초기에!

하지만 정신과의 경우는 어떨까. 내 자신이 조금 수상하지만 그냥 지친 건지, 병원에 가야 할 정도인지 판단하기 어렵다. 통통 부은 발목과는 다르게 일단 눈에 보이는 증상이 없기 때문이다. 웬일로 용기가 생겨 지도 앱을 켜서 '정신과'라고 쓰고 조마조마한 마음으로 하나씩 클릭해본다. 그런데 정형외과를 검색할 때와 다르다. 일단 후기가 별로 없다. 그나마 몇 안 되는 후기의 내용도 희미하다. '좋아요', '오래 다닙니다' 이런 느낌이다. 정신과 환자들의 무기력이 후기에도 드러나는 걸까…? 병원에 가기로 마음을 먹고 가족이나 친구에게 상담했다가 그들의 반응에 용기를 잃기도 한다. "너 우울증 아니야. 그런 생각하면 없던 우울증도 생겨." 아마 그들은 응원하는 마음에서 그런 말을 했을 것이다. 하지만 결국 당신은 별로 힘을 얻지 못한다. 증상은 그대로 남아 있기 때문이다. 이 얘기를 다시 꺼내기 힘들어졌을 뿐이다.

많은 병이 그렇듯 우울감도 시간이 지나면 자연히 좋아지기도 한다. 그리고 많은 병이 그렇듯 증세가 심해지기도 한다. 우울증 대륙은 어떤 경우, 가만히 두면 그 면적이 넓어진다. 언덕이 높아지고 개수가 늘어난다. 어느 날 문득 마음을 들여다보았더니 언덕이 너무 많고, 오를 생각을 하니 아득해져서 헤쳐 나갈 의지가 사라질 수도 있다. 그래, 나는 원래 이런 사람이니까. 내 인생은 이런 식이니까. 그렇게 점점 나빠진다. 나는 그런 사람을 많이 보았다.

　그래서 이 글을 쓰기 시작했다. 나는 전공자도 아니고 의사도 아니고 일개 환자지만 지금까지 경험하고 생각해온 것들을 전부 이 책에 적어보기로 했다. 10년 정도 병원에 다닌 그냥 동네 사람의 이야기도 어쩌면 쓸모가 있을지도 모르겠다고 생각했기 때문이다. 내가 겪은 일이 중심이 될 테니 시야가 그리 넓지 않을 것이다. 하지만 내가 그랬다는 것은 어쩌면 당신도 그럴 수 있다는 뜻이고, 어쩌면 당신의 소중한 사람도 그럴 수 있다는 뜻이니까 어리석음을 무릅쓰고 다양한 이야기를 적어보겠다. 되도록 가볍게, 쉽게 꺼내볼 수 있는 가이드북처럼 쓰려고 노력했다.

　정신건강의학과 전문의 반유화 님이 이 책에 공저자이자 감수자로서 함께해주셨다. 반유화 선생님은 책《여자들을 위한 심리학》으로 처음 알게 되었는데, 여성 정신과 선생님이 한국 여성들, 특히나 20대 30대 여성들이 왜 괴로운지에 대한 책을 내셨다는 점이 굉장히 흥미로웠다. 심지어 내담자들을 더 잘 이해하기 위해 여성학을 공부했다니. 이 분을 언젠가 만나면 좋겠다고 몰래 꿈꾸고 있었는데, 이 책 덕분에 함께 작업을 할 수 있게 되었다. 내가 쓴 원고는 어디까지나 환자 입장의 이야기였는데 선생님이 각 장마다 써주신 '처방전'을 읽고 나니 이 책이 완전해진 느낌이 들었다. 전문가가 우울증에 대해 상세하고 따뜻하게 적어준 글을 읽을 수 있다니. 정말 행운이었다. 이 책을 읽는 독자들도 비슷한 기분을 느낄 것이라 생각한다. 반유화 선생님께 큰 감사를 전한다. 허안나 작가님은 이 글을 연재할 때부터 그림을 그려주었다. 옛날에 소설가 무라카미 하루키와 화백 안자이 미즈마루의 글과 그림을 신문에 연재했던 걸 떠올리며 그를 '안나리 마루마루'라고 불렀다. 그의 귀엽고도 통찰력 있는 그림을 보는 것이 매주의 기쁨이었다. 팍팍한 이야기에 숨구멍을 만들어준 허안나 작가님께 감사하다. 편집자님께도 감사를 표하고 싶다. 우울증 환자답게 원고를 써놓고도 '이런 게 과연 쓸모가 있을까' 의심하고 있었는데 이문경 편집자 님이 이 책의 쓸모에 대해 확신을 주셨다. 그의 편집 덕분에 매끄럽고 풍부한 책이 되었다고 생각한다. 어쩌면 나는 이 팍팍한 대륙에서 제법 운이 좋은 사람인지도 모르겠다. 그리고 어쩌면 당신도 그럴지도 모른다.

　　당신도 나도 헤매는 시간을 피할 수는 없을 것이다.
　　하지만 그 시간이 조금은 짧아지기를 기원한다.

　　이 책을 손에 든 당신에게 행운이 있길 진심으로 바란다.

환자 11년 차 봄에
오지은 올림

3장

다양한 방식으로 치료받읍시다

4장

일상을 이어나갑시다

step. 1

증상이 있으면 병원에 갑시다

일상에서 징후를 발견하기

☑ 내가 우울증이라고?

가끔 그런 리트머스지가 있으면 좋겠다고 생각한다. 피든 땀이든 눈물이든 뭐든 한 방울 떨어트리면 얼마나 우울한지 보이는 리트머스지. 이 정도로 색이 옅으면 경증이라고 봐야죠. 아이쿠, 환자분! 이건 거의 시꺼면데요. 입원을 권하고 싶습니다. 이렇게 간단하게 보이면 좋겠다. 나의 상태가 내 눈에도, 다른 사람의 눈에도 이런 식으로 단순하고 명확하게 보이면 좋을 텐데. 리트머스지 가격은 음, 1회분에 8천 원 정도가 적절할 것 같다.

농담이다. 우울증은 이런 식으로 간편하게 검사할 수 있는 것이 아니다. 오히려 그러면 안 된다고 생각한다. 발목 인대만 다쳐도 엑스레이를 몇 장이나 찍는데, 얼마나 다양한 각도로 찍는데,

엑스레이 촬영으로도 안 보이는 것이 있어서 발목을 이렇게 구부렸다 저렇게 구부렸다 요렇게 눌렀다가… 여하튼 얼마나 신중하게 접근하는데. 하물며 그 대상이 마음이라면. 겹겹이 싸여 있는, 항상 변화하는, 근육이나 뼈가 아닌, 형체가 없는 마음을 어떻게 리트머스지 한 장으로 파악할 수 있겠는가.

있으면 편할 것 같긴 하지만요.

10년도 더 전의 일이다. 나는 새 책을 준비하고 있었다. 아침에 일어나서 원고를 쓰려고 했다. 그게 내 직업이고 일이니까 새삼스러울 것도 없었다. 글을 쓰기 위한 준비는 간단하다. 책상에 가서 의자에 앉고 노트북을 펴고 문서 프로그램을 열고 시작하면 된다. 작업이 어려운 건 당연한 거니까 그렇다 쳐도, 그 과정의 시작 자체는 어렵다고 말하기 힘들다. 몇 걸음 걸은 후 팔과 손가락을 조금 움직이면 되기 때문이다.

하지만 그게 되지 않았다. 그냥 책상으로 갈 수 없었다. 어, 가야 하는데. 어, 이상하다. 어, 일어나야 하는데…. 그렇게 침대에 누워 중얼거리며 책상 위의 노트북을 쳐다만 보았다. 시계를 보니 일곱 시간이 지나 있었다. 아, 나는 병원에 가야 하는구나. 처음으로 그런 생각이 들었다.

돌이켜보면 그전에도 징후는 많았다. 하지만 병과 연결 짓고 싶지 않았다. 가끔은 그냥 내가 한심한 탓이라 생각하면 많은 것이 편해진다. 한심함은 극복하면 되니까. 게으른 사람은 성실해지면 되니까. 의지가 약한 사람은 마음을 굳게 먹으면 되니까. 그렇게 조금씩 노력하면 되니까. 물론 그것도 어려운 영역이지만, 그래도 해내는 사람들이 있으니까. 많으니까. 그래야 마땅하다고 다들 말하니까.

'노력'이라는 말의 쓰임은 생각해보면 얼마나 제한적인가. 노력한다고 이미 부러진 뼈가 붙진 않는데. 우울증이라는 것은 의지 너머에 있는 것임을, 병에 걸렸기 때문에 당연히 그렇다는 사실을 난 조금 늦게 알았다.

첫 번째 병원은 동네에서 찾았다. 검색해보니 병원이 여러 군데 나왔는데 그중 이름이 제일 예뻐 보이는 곳으로 골랐다. 후기를 봐도 파악할 수 없었기 때문이다. 병원에 전화해서 예약을 잡았다. 초진은 예약도 어려웠다. 바로 가서 진단을 받을 수 있는 게 아니구나. 몇 주를 기다렸다가 처음 병원에 갔다. 조금 긴장했다. 가자마자 몇 가지 검사를 받았다.

정신과 검사지는 사람을 조금 심란하게 한다. 매우 그렇다, 그렇다, 보통이다, 별로 그렇지 않다, 전혀 그렇지 않다. 이 다섯 개의 선택지 사이에서 내 마음이 어디에 해당하는지를 판단하기 어렵기 때문이다. 그러면서 그 선택을 바탕으로 내가 파악당하는 것이 두렵기도 했다. 하지만 동시에 어딘가 후련한 느낌도 있었다. 그런 복잡한 기분이었다. 답을 고르기가 어려워서 잠시 멈췄다가 어디선가 들은 말이 생각났다. "검사지 말이야. 깊게 생각하지 말고 그냥 처음 느낌대로 골라." 그래, 이 애매함까지 가려내는 시스템이겠지. 나는 감대로 빠르게 숫자를 골라나갔다.

   진료실에 들어가 의사를 만났다. 그는 씩씩하게 인사하며 들어온 날 보고 무심코 "별로 안 심하실 것 같은데…" 하고 말했다. 그럴 수 있다고 생각했다. 나는 대화할 때 상대방과 눈을 잘 맞추는 데다 목소리도 크기 때문이다(이게 가면 우울증Masked depression*의 특징임을 알게 된 것은 또 몇 년 뒤의 일이었다). 심하지 않으면 다행이지 뭐, 하고 생각했는데 의사가 검사지를 훑다가 갑자기 "아이쿠…" 소리를 냈다. 음, 알기 쉬운 사람이었다. 그는 약을 듬뿍 처방했다.

---

*   가면성 우울증이라고도 한다. 마치 가면을 쓰고 있는 것처럼 우울함이 겉으로 드러나지 않는 상태를 말한다. 의학계에서는 더 이상 쓰지 않는 용어이지만 대중적으로는 아직 유용한 개념이다.

그렇게 나는 처음 공식적으로 우울증 진단을 받았다. 덤으로 번아웃 증후군Burnout Syndrome** 상태라는 말도 들었다. 그래서 그랬구나. 완전히 소진됐기 때문에 노트북을 열 힘이 없어 그냥 쳐다만 보고 있었던 것이다. 내가 왜 이렇게 이상했는지 의학적인 이유를 알게 되니 마음이 묘하게 편안해졌다. 한동안 그 병원을 다니다, 이후 긴 시간 서울의 한 대학병원에 다니다가, 전주로 이사를 온 지금은 동네의 작은 병원에 다니고 있다. 그렇게 10년 넘게 꾸준히 약을 먹고 있다.

현대 정신의학은 환자의 겹겹이 싸인 마음을 파악하고 또 치료하기 위해 상당히 노력해온 것 같다. 그 증거로 내가 있다. 이전과 다르게 나는 책상에도 잘 앉을 수 있게 되었고 노트북을 꽤 잘 여는 사람이 되었다. 물도 잘 마시고 가끔 차도 맛있게 내려 마신다. 이렇게 되기까지 상당한 시간 동안 상당한 의약품을 몸에 넣었다. 물론 약 외의 노력도 많이 했다. 마음과 정신과 기력과 뇌 내 물질의 밸런스를 잡기 위하여…. 그 결과, 어떤 때는 컨디션이 상당히 좋기도 하고 어떤 때는 나쁘기도 하다. 그래도 지금의 밸런스에 만족한다. 증상을 부인하지 않고 마주보았던

** 일에서의 스트레스로 인해 신체적·정신적
탈진, 업무 효율 저하, 냉소적 태도가 나타나는
상태를 의미한다.

덕분이라고 생각한다. 초진 예약을 잡은 과거의 나를 칭찬하고 싶고, "아이쿠" 소리를 낸 그 의사 선생님께도 고맙다. 물론 모든 것이 좋진 않다. 아직 환자이기 때문이다. 하지만 내가 당연한 일을 당연하게 할 수 있게 되는 과정에 있다는 걸 알기 때문에 괜찮다.

병원에 처음 갔던 그날, 친구와 근처 만두집에서 만났다. 주문한 만두를 기다리던 중 친구가 내가 병원에 다녀온 것을 알게 되었다. 그가 말했다. "야… 너… 그런 거 아니야! 너 우울증 아니야!" 난 다정함을 느꼈다. 하지만 이렇게 답했다. "아니야. 나 우울증 맞아. 맞는 건 맞는 거야."

마음을 굳게 먹는다는 것은 가끔은
위를 바라보는 것이 아닌 아래를,
그리고 구석을 바라보는 일인지도 모르겠다.

> ### 진단은 내가 하는 것이 아닌 의사가 하는 것
>
> # ☑ 우울증 디나이얼*

우울한 일이 있어서 우울한 사람은 극히 정상입니다.

우울한 일이 없는데도 계속 우울하다는 그 사람이 수상한 겁니다.

– 어느 날의 어떤 정신과 의사 –

　세상은 우울증 환자가 하루 종일 우는 사람이라고 생각한다.

또는 마구 슬픈 기분을 느끼는 사람. 하지만 정신의학 전문가들은

---

* 　디나이얼denial은 부정한다는 뜻의
단어인데, 우울증 세계에서는 증상을 부정하고
부인한다는 의미로 종종 쓰인다.

그들을 '건강한 정상인'이라고 할지도 모른다. 왜냐하면 감정을 건강하게 느끼고 표출하고 있기 때문이다. 슬픈 일이 있어 슬픈 당신… 정상입니다!

수상한 사람들이 문제다. 본인 상태가 수상하다는 걸 모르거나 낌새는 챘지만 부정하는 사람들이 문제다. 수상한 순간이 어떤 때냐 하면… 기력이 없을 때, 다 싫을 때, 공황이 올 때(당시엔 공황인지 모르는 경우가 많지만), 인생에 좋은 일이 일어나도 좋다고 느껴지지 않을 때, 즐거운 것이 없을 때, 감정이 사라진 것 같을 때, 잠을 잘 수 없을 때, 자학이 끝나지 않을 때, 죽고 싶을 때 등등을 말한다. 하지만 역시 어딘가 모호하다. 어디부터 어디까지가 타고난 성격인지, 그냥 게으른 건지, 스쳐가는 우울감에 너무 집중하고 있는 건지… 이런 생각을 하다 보면 내가 우울증인지 아닌지 판단하기 쉽지 않다. 더 깊이 생각해보면 어디까지가 정상 범위이고 어디부터가 비정상인지도 알기 어렵다. 대체 얼마나 이상해야 진짜로 이상한 것인가?

감기라면 쉬울 것이다. 머리가 아프고 열감이 있다. 열을 잰다. 37.5도가 넘으면 일단 해열제를 먹고 잔다. 아침에도 열이 계속 나면 동네 병원에 간다. 의사가 진단한다. 증상을 느끼고부터 정확한 진단을 받기까지 한나절밖에 걸리지 않는다. 하지만 우울증은…? 그저 계속 수상할 뿐.

인터넷에는 다양한 우울증 테스트가 있다. 인터넷이 없던 시절에는 잡지 마지막 페이지에 실려 있었다. 어느 시대에나 자기가 어떤지 알아보고 싶은 사람의 욕구는 강했던 것 같다. 하지만 몇 개의 문항으로 자신의 상태를 정확하게 알 순 없다. 당연하다. 인터넷에 떠돌아다니는 것 중에 신뢰할 수 없는 테스트도 많다.

조금 오래된 것이지만 믿을 만한 테스트를 하나 가져왔다. 1970년대에 미국국립정신건강연구소에서 만든 역학 연구를 위한 우울척도CES-D*를 한국의 실정을 고려해 변형한 검사 도구다. 이 스무 개의 문항 중 가장 인상적인 다섯 개를 골라보았다.

— 희망을 잃었다

— 미래가 두렵다

— 내 인생은 실패한 것 같다

— 집중이 되지 않는다

— 무언가를 시작할 수 없을 것 같다

* CES-D는 Center for Epidemiological Studies-Depression Scale의 약자. 이 검사 도구는 신뢰도와 타당도가 검증되었다. 일반 인구를 대상으로 우울증에 대한 자가평가 도구로 활용하기 용이한 척도다.

저 다섯 개의 문항을 읽고 당신이 어떻게 느낄지 궁금하다. '맞아, 우울증이란 이런 거야'라고 생각할지, 아니면 '엥? 우울증이 이런 거라고?'라고 생각할지 말이다. 솔직히 말하자면, 이 테스트를 처음 봤을 때 조금 놀랐다. 예상과 달랐기 때문이다. 조금 더 우울증스러운(?) 항목이 있을 줄 알았다. 기분이 나쁘다, 슬프다, 죽고 싶다… 이런 문항만 있을 줄 알았다. 아니, 하루 종일 우는 사람이 우울증 아니야? (그래요. 그렇게 생각한 사람이 바로 접니다.) 우울증인 나조차도 우울증에 대한 편견이 있었던 것이다.

하지만 우울증의 실체는 그렇지 않다. 펑펑 우는 슬픈 사람보다 무표정한 사람의 상태가 어쩌면 더 나쁠 수도 있다. 그 사람의 마음속에 있는 잔잔한 좌절감, 이 상태가 계속될 것이라고 생각하는 패배감, 나아질 수 없을 것이라는 절망감, 이런 감정들의 핵이 그를 천천히 무너지게 한다. '나는 안 돼', '난 나아질 수 없어' 이런 마음이 어느새 '난 그만 살아야겠다'로 바뀌기도 한다. 그게 우울증의 세계다. 아마 앞의 문항은 그런 사람을 가려내기 위한 질문일 것이다.

나는 당신을 정병* 환자로 몰고 싶은 것이 아니다. 대부분의 사람에게는 '회복탄력성'이 있다. 말 그대로 탄력 있게 회복한다는 뜻이다. 마치 고무줄처럼. 길게, 팽팽하게 당겨졌다가도 원래 모양대로 돌아온다. 크게 좌절할 일이 있어도 많이 울고 푹 쉬면 어느새 괜찮아지는, 사람에겐 그런 힘이 있다. 하지만 그 회복탄력성이 망가진 경우가 있다. 고무줄이, 마음이 제자리로 돌아오지 않는 것이다. 지나치게 팽팽했던 고무줄이 그만 끊어져버린 것이다. 그런 사람을 환자라고 한다.

당신은 어쩌면 인터넷으로 저런 테스트를 해보고는 결과를 보고 놀라 후다닥 창을 닫고 없던 일로 하고 누워서 이렇게 생각할 수도 있다. '까먹어버리자. 자꾸 이런 거 보고 그러니까 더 우울해지는 거잖아. 다들 이러고 사는 거잖아. 오버하지 말자.' 그렇게 부정한다. 우울증 디나이얼로 살아간다.

한편, 세상에는 의사가 멀쩡한 사람들을 우울증 환자로 몰고 가고 싶어 한다는 편견이 있다. 하지만 의외로 우울증 진단은 생각보다 간단히 나오지 않는다. 조금 더 진지하게 말해보겠다. 정신과 의사들이 의대에서 뭘 배우는지 환자인 나는 모르지만

---

* 정신병의 줄임말. '정병'은 정신질환을 비하하기 위한 용도로 자주 사용되기도 했으나, 인터넷이나 SNS에서는 물론 일상에서도 흔하게 활용되면서 그 어감이 맥락에 따라 다양해졌다. 최근에는 정신병, 정신질환 자체를 가리키는 일반적인 말로 자주 사용되기도 한다.

그들은 환자와 환자가 아닌 사람을 매우 진지하게 '구분'하고
싶어 하는 것 같았다. 우울한 기분이 드는 사람, 그러니까
우울감을 느끼는 사람(시간이 흐르면 자연스럽게 낫는다)과 정말
우울증에 걸린 사람(시간이 흘러도 낫지 않는다)의 차이를
의사의 명예를 걸고 냉철하게 구분하려는 듯 보였다. 그것이
그들의 일이니까 당연하다.

　그래서 반대로 당신은 자신의 우울증을 증명하기 위해
노력해야 할 수도 있다. 진짜다. 의사는 심드렁한 표정으로
"아니, 뭐, 현대인은 다 우울감이 있고요. 그렇다고 그게 전부
우울증은 아니고요. 두 개는 완전히 다르거든요…. 일단 검사를
몇 개 해봅시다" 이렇게 말할 수도 있다. 이쯤 되면 '헉, 날 지금
그냥 돌려보내고 싶어 하나?' 이런 생각마저 든다. 당신의 걱정과
다르게! 우울해서 한동안 생활이 힘들 정도였던 친구는 내가
다니던 병원에 가서 같은 의사에게 진찰을 받았다. 내 친구는
"아… 몇 주 쉬면 괜찮아지십니다. 약은 굳이 안 드셔도
됩니다"라는 의사의 말과 함께 정중하게 집으로 돌려보내졌다.
그리고 조금 쉬었더니 친구는 정말로 괜찮아졌다.

　심지어 정신건강의학과는 환자를 마구 받지도 않는 것 같다.
다니는 병원을 집 근처로 옮기고 싶던 언젠가였다. 새로운 병원에
전화해서 접수하고 싶다고 말했다. 다른 병원에서 진료를 받고

있는데 이곳으로 옮기고 싶다고. 그런데 접수 받으시는 분이
6개월 뒤부터 예약이 가능하다고 했다. 병원에 따라 사정은
다르지만 많은 우울증 환자가 비슷한 경험을 했을 것이라
생각한다. 그러니까 정신과는 당신의 생각보다 훨씬 신중하다.

내가 골절인지, 암인지, 이게 염증인지 그런 걸 스스로 판단하면
안 되고, 그럴 수도 없는 것처럼 정신질환도 마찬가지다. 당신은
혼자 어떤 진단도 내릴 수 없고 내려서도 안 된다. 인터넷에서
우울증 관련 글을 반복해서 찾아보거나 혹은 못 본 척하는 것은
실질적으로 당신의 상태를 나아지게 하지 않는다. 수상함의
정체를 외면한 채 발만 동동거리는 것이 도움이 될 순 없다.

이 바닥에는 이런 말이 있다. "정신과 문턱을 넘었으면 이미
반은 치료가 된 것이다." 진짜로 갑자기 반쯤 치료가 된다는 뜻은
물론 아니다. 하지만 병원에 간다는 것 자체가 나아지는 길 위에
서는 것이기 때문에, 그리고 그 시작이 정말 중요하기 때문에
정신과 의사들도 이 말을 종종 인용하는 것일 테다. 그러니
수상하면 병원에 가자. 그리고 진단은 의사가 내리게 하자. 긴
시간 정신건강의학계가 쌓은 노하우를 조금은 믿어보자.
의사에게 나의 현재를 파악당하자. 이미 준비되어 있는 다양한
도움을 받자. 의사가 그럴 필요 없다고 하면… 시원하게 안
받으면 되지!

☑ 언제 병원에 가야 하는가

병원에 다닌다는 걸 주변에 알리고 나서 꽤 많은 질문을
들어왔지만 역시 사람들이 제일 궁금해하는 건 '언제 병원에 가야
하는가'였다. 살다 보면 다들 우울하지 않나. 그냥 살면 살아지지
않나. 그런데 내가 병원에 가야 한다고? 어떤 상황에?

완벽한 설명은 아니겠지만, 내 경험에 비추어 병원에 가야 할
때를 두 경우로 말해보겠다.

1. 기계가 퍼졌을 때

삶에는 상승과 하강이 있다. 좋은 일도 있고 나쁜 일도 있다는
것이다. 모두가 아는 얘기다. 기분도 그렇다. 이유 없이 업될 때도

있고 다운될 때도 있다. 좋은 일과 나쁜 일은 세트로 오는 것
같다. 좋은 일이 '짠!' 하고 문을 열고 들어올 때 나쁜 일도 어쩌면
뒤에서 머리를 긁으며 슬쩍 따라 들어올지도 모른다. 반대로
말하면 나쁜 일이 휘몰아칠 때 구석에서 좋은 일이 몰래 응원을
보내고 있을 수도 있다. 무엇이 먼저 눈에 들어오느냐의 차이다.
왜 갑자기 인생 이야기를 하냐면, 우울증이라는 병은 나쁜
일이라는 녀석의 덩치를 엄청나게 커 보이게 하고 좋은 일이라는
녀석은 엄청나게 작아 보이게 하는 특징을 가졌기 때문이다. 요는
둘 다 존재한다는 것이다.

　어릴 때 바이오리듬이라는 것이 유행했다. 컴퓨터 프로그램에
오늘 내 바이오리듬이 어떤지 물어볼 수도 있었는데(아직도 무슨
원리인지 모르겠다), 그래프의 모양은 항상 같았다. 몇 차 함수의
그래프처럼 올라갔다가 내려갔다를 반복하는 모양이었다.
그래서 항상 맞는 것처럼 느껴졌다. 기분은 그런 것이니까.
좋기도 하고 동시에 나쁘기도 하고 그렇게 오르락내리락하니까.
기분이 나쁘면 세상이 싫다가 다시 좋아지면 나뭇잎 사이로
비치는 햇살만으로 충만감을 느낀다. 위에 쓴 대로 좋은 일이
눈에 들어오는 것이다. 하지만 나라는 기계가 퍼지면 그 파트가
이상해진다.

　어떻게 이상해지냐면…

— 기분 그래프가 위로 올라가지 않는다

— 더 자세히 말하자면 기분이 상승하지 않는다

— 그렇게 되면 좋은 일이 좋게 느껴지지 않는다

— 보통의 상태로 돌아오지 않는다

— 기분이 자꾸 다운되고 더 다운되고 결국 엄청 다운된다

   의사들은 특이한 상황이 있으면 키보드를 두드린다. 환자로서 참 신경이 쓰이는 타이밍이다. 그런데 어떤 안 좋은 일이 있어서 기분이 엄청 별로였다고 말하는데, 의사가 아무 것도 쓰지 않는 것이다. 아니, 엄청 안 좋았다니까요! 그러다 내 생각엔 별말도 아닌데 의사가 갑자기 장난 아닌 속도로 키보드를 두드릴 때가 있다. 처음에는 이게 이상했다. 알고 보니 그의 손이 바쁘게 돌아갈 때는 '딱히 나쁜 일이 없는데도 구렁텅이에 빠져 있을 때'였다. 그나저나 자신의 상태를 표현할 때 구렁텅이라는 단어를 쓰는 게 민망했는데 어느 날 의사가 '브레이크 다운'이라는 말을 쓰는 걸 듣고 잘 사용하고 있다. 브레이크다운breakdown은 기계가 고장났다는 뜻이다. 차가 퍼졌어, 컴퓨터가 다운됐어 등등. 내가 이 말을 편하게 느낀 이유는 이 말이 스스로를 엔지니어처럼 느끼게 해주기 때문이다. 내가 한심한 것이 아닌, 나라는 기계가 퍼졌고 나는 그걸 다루는 엔지니어일 뿐이라는 그런 분리되는 느낌이 좋다. 엔진이 과열되었든, 어떤 부품이 마모되었든 간에 여하튼 기계가 퍼진 것이다. 기계는 원래 퍼지곤 한다.

나라는 기계는 퍼지면 이런 상태가 된다. 짧은 이메일 한 통에
답장하는 데 사흘 이상 걸리거나, 리허설 시간이 아슬아슬할
때까지 몸을 일으킬 수 없거나(불안해서 미칠 지경이 되어도 몸이
그냥 일으켜지지 않는다), 친구의 카톡에도 답을 할 수 없거나,
마감을 턱도 없이 미루게 되거나…. 이 시기가 오면 자괴감과
자기혐오가 굉장해진다. 의사의 키보드 소리가 내 귀를 때린다.

펑! 하고 터지는 기계도 있지만, 조용히 그냥 멈추는 기계도
있다. 조용히 가라앉는 상황이 진짜 무서운 것 같다. 그래서
가능하다면 그 상황을 막고 싶다. '그냥 다 내가 한심한 거고 내가
사라지면 되겠지.' 생각이 이렇게 흘러가기 전에 약간의
기름칠로, 약간의 추가 부품으로 나라는 기계가 훨씬 나아질 수
있다는 사실을 알았으면 좋겠다.

그러니까 요약하자면… 나라는 기계가 시간이 지나도 나아지지
않는다면, 시동이 걸리지 않는 자동차 또는 먹통이 되어버린
컴퓨터 같다면 병원에 가서 진단을 받자!

2. 무기력하고 무감각할 때

무기력증은 굉장히 흔한 증상이다. 우울감과 우울증, 게으름과
무기력은 뒤엉켜 있어서 무 자르듯 깔끔하게 나눌 수 없다. 내가
지금 무기력한데 여기까지는 우울증이고 여기서부터는 그냥

게으른 거야, 이렇게 판단할 수 없다. 사실 판단하지 않아도 된다.
어찌 됐든 힘차게 엉덩이를 떼는 것이 중요하니까. 슬금슬금
지내다 보면 어느새 이렇게 저렇게 해결되기 때문이다.

한편, 인터넷에서 재미있는 분류를 보았다.

게으른 사람 : 침대에 누워 재미있는 것을 계속 보면서 할 일을 안
하는 사람(땡땡이 쳐서 그저 신남)
도움이 필요한 사람 : 침대에 누워 있지만 그 시간을 제대로
즐기지도 못하고 "해야 하는데"라는 말만 반복하며 괴로워하는
사람(마음이 지옥)

일리 있다고 생각했다. 물~론~ 둘 다 해당될 수도 있다.
재미있는 걸 조금 보고 낄낄거리다 해야 할 일을 떠올리고
서둘러야 한다고 중얼거리며 괴로워하다 다시 유튜브 쇼츠를
보며 웃을 수도 있고…. 역시 이런 분류는 참 어렵고
절대적이지도 않지만 스스로의 경향성을 파악하는 데 도움이
된다. 나는 요즘 어디에 더 가까운지를 생각한다.

나의 무기력증을 생각해보면 물조차 마시러 가지 못했던
시간이 떠오른다. 몇 걸음 떨어진 부엌에 가서 물을 마시면 될
일인데, 나는 이상하게도 천장을 보며 계속 생각했다. '목이 말라.

목이 너무 말라. 물 뜨러 가야 하는데. 가야 하는데.'

   우습지 않은가? 그런 나를 누구보다도 빨리 내가 비웃었다.
'그냥 가면 되잖아? 왜 저래?' 이렇게 말이다. 하지만 그런
간단한 일을 할 수 없는 게 병인 것을 그땐 몰랐다. 무기력은
번개처럼 오지 않고 가랑비처럼 서서히 일상을 적시기 때문에
그러한 상태를 알아채기 쉽지 않다. 무기력을 오래 쌓아두면
'한심한 나'라는 송곳이 생긴다. 그 송곳은 점점 커져 스스로를
찌른다. 나는 그 송곳 같은 감정이 더 자라나기 전에 없앨 수
있으면 좋겠다고 생각한다.

   한편 무감각도 무섭다. 알아채기 어려워서 더욱 무섭다.
느껴지지 않는데 어떻게 감지할 수 있을까. '저요? 그냥
보통인데요. 이상한 곳 없는데 왜 그러세요? 그냥 아무 느낌이
없는데요. 슬픈지 기쁜지 모르겠는데요. 제가 우울증이라고요?
잉… 아니지 않나…?'

   그냥 성격이 덤덤한 사람에 대한 얘기가 아니다. 무감각은
마음이 회색 콘크리트 벽에 갇힌 상태와 같다. 아주 높고 두터운
벽이다. 그래서 감미로운 바람이 불어도, 푸른 새잎이 돋아도
좋다는 마음이 들지 않는다. 그 벽에는 창문이 없어 환기할 수
없다. 그래서 신선한 공기 중 산소를 마실 수 없다. 이산화탄소가

가득한 공간에서 멍해진다. 앞에서 말한 상승의 기분을 느끼지 못한 채로 시간이 흐른다. 안 좋은 일은 머릿속 회로 안에서 뱅글뱅글 돌며 커진다. 환한 빛이 보이지 않는 회색 지대를 계속 걸어간다.

마음이 건강한 사람에게도 이런 날이 있을 것이다. 하지만 이런 시간이 계속된다면 잠깐 멈추고 생각해보면 좋겠다. 본인이 어떤 상태인지를. 늪이 당신을 더욱 깊은 곳으로 끌어당긴다면, 일그러진 땅 위에서 허우적거리는 느낌이라면, 간단한 일도 하지 못하는 스스로에 대한 혐오감이 점점 커진다면, 자잘한 증상이 쌓여서 인간관계 또는 업무나 학업에 지장이 생기는 것 같다면 가볍게 검사를 받아보길 권한다.

검사 결과, 별 문제가 없다면? 의사는 당신에게 그냥 집에 가서 맛있는 것 먹고 푹 쉬라고 말할 것이니 걱정하지 말라는 얘기는 충분히 했으므로 이제 그만하겠습니다.

요약하자면… 게으름인지 우울증인지 둘의 섞어찌개인지 뭔지 간에 여하튼 일상생활에 지장이 있다면, 간단한 일을 하기도 힘들어졌다면 병원에 가보자!

치료는 환자와 의사가 함께하는 이인삼각 달리기

☑ 병원에 가면 뭐라고 말하지

어제 친한 친구를 만나서 수다를 떠는데 그가 이런 말을 했다.

"나 의사 선생님한테 자꾸 괜찮다고 거짓말해."

나는 대답했다.

"나도 알아. 나도 자꾸 그래….”

의사들은 모를 것이다. 환자가 진료실에서 이 상황을 얼마나 난감하게 여기는지를. 의사는 수많은 사례를 공부했기 때문에 어떤 증상이 문제가 되는지 안다. 하지만 환자는 기본적으로 자신으로밖에 살아보지 않았다. 그 말인즉슨 비교군이 없다는 것이다. 그러니까 남과 뭐가 다른지, 어떤 증상이 문제가

되는지조차 모른다는 것이다. 그러니까 그냥 괜찮다고 자꾸
말한다. 어떤 부분이 문제인지 알면 저희가 의사게요?

　　메타인지metacognition*라는 말이 있다. 그 말을 처음 들었을 때
나와 친구들은 그게 정확히 무슨 뜻인지 알아보지 않고, 꽤 긴
시간 단어의 의미에 대해 추측하고 토론했다. 그쪽이 더
재미있었으니까. 당시 내가 밀었던 이론은 CCTV를 보듯 나를
본다는 것이다. 그러니까 내가 얼마나 침대에 오래 누워 있는지,
어깨가 얼마나 굽었는지, 재채기를 하루에 몇 번이나 하는지를
CCTV 보듯 인지하는 능력 아닐까? 메타인지라는 CCTV가 나를
제대로 보고 또 알게 해준다는 그런 개념 아닐까?

　　메타인지까지 가지 않아도 '자아 성찰'이라는 말이 있다. 내가
어떤지를 인식하고 들여다보는 것이다. 하지만 소크라테스의 "너
자신을 알라"가 영원한 펀치라인인 이유는 기본적으로 내가 나를
알기 힘들기 때문이 아닐까. 어쩌면 나를 모르는 것이 기본
상태인지도 모른다. 나는 애초에 나를 CCTV로 보듯 볼 수 없다.
자아 성찰과 소크라테스의 펀치라인과 메타인지의 미묘한

*　고차원적 자기 인지 능력. 인식에 대한
인식, 생각에 대한 생각, 그러니까 자신이
어떻게 인지를 하는지에 대한 인지를 말한다.

차이에 대해 말할 순 없지만, 확실한 공통점 하나는 그게 상당히
어렵다는 것이다.

그런 우리를 위해 의사는 친절히 질문한다. 요즘 좀 어떠세요?
잠은 좀 주무세요? 환자는 대답한다. 예, 뭐, 그냥, 예…. 그런
환자의 진짜 상태를 꿰뚫어보는 의사도 있겠지만, 기본적으로 다
괜찮다는 사람을 의사라고 어떻게 하겠는가. 그렇게 의사와 환자
사이에는 넓은 강이 흐르게 된다. 그리고 환자는 손해를 본다.
자신의 상태가 더 좋아질 수 있는 기회를 놓치게 된다. 다음
달에는 꼭 얘기해야지, 돌아가는 길에 생각하며….

환자들이 그렇게 대답하는 이유는 여러 가지가 있을 것이다.
무의식 중에 상황을 축소하고 싶은 마음, 왠지 모르겠지만
의사에게 잘 보이고(?) 싶은 마음, 징징거리면 안 될 것 같은
마음 등. 하지만 당신이 왜 병원에 갔느냐 하면, 어디가 안 좋은지
말하러 갔다. 의연한 척할 필요가 없다. 물론 한정된 진료 시간
안에서 맥락 없이 징징거리기만 한다면 그것 또한 난감하겠지만…
적어도 자신이 어떤 상태인지는 전달해야 한다.

그럼 다음 문제가 생긴다. 대체 무슨 정보를 전달해야 하나?
여기서 오랜 환자의 팁을 조금 풀겠다.

조금 웃긴 얘기지만, 나는 스스로를 병원의 인턴이라고 생각한다. 그래서 아침 회진을 도는 교수에게 환자의 상태를 보고해야 하는 것이다. 고로 몇 가지 항목을 미리 파악해둔다. 그렇게 생각하면 많은 것이 간편해진다. 이걸 밝히려니 역시 부끄럽지만, 공익을 위해 적어보겠다. 인턴 나 녀석의 체크리스트.

　　— 환자(그러니까… 나)가 잘 잤는가.

　　— 식사는 잘 하는가.

　　— 식욕은 있는가. 혹시 너무 많진 않은가.

　　— 사람과 대화는 잘 하는가.

　　— 활력이 있는가, 또는 없는가.

　　— 밤에 약을 얼마나 먹어야 잘 수 있는가.

　　— 수면의 질은 어떤가.

　　— 자살 충동은 있는가, 있다면 어떤 식으로 있는가.

　　— 나라는 기계가 퍼진 시기가 있다면 회복에 걸린 시간은 어느
　　　　정도인가.

　　— 언어 능력은 어떤가. 문장을 잘 만들 수 있는가. 잘 읽을 수
　　　　있는가.

　　— 밖에 나갈 마음이 드는가. 외출은 잘 하는가.

　　— 새로운 일을 시작할 수 있는가.

　　— 집은 깨끗하게 유지하고 있는가, 또는 엉망인가.

이 모든 걸 전부 말하지는 않고, 특이 사항이다 싶은 것들만 말한다. 민망하니까 "선생님 저 핸드폰 보고 읽어도 될까요?"라고 물어본 다음 메모 앱을 연다. 이런 환자를 비웃는 정신건강의학과 의사는 없을 것이다. 환자가 이런 말을 꺼내는 게 얼마나 어려운지 알기 때문이다.

인턴(=나)의 브리핑이 끝나면 교수(=의사)는 몇 가지를 더 질문하고 처방을 조절한다. 무언가를 늘리거나, 추가하거나. 여기서 중요한 것은 의사의 처방은 단지 처방일 뿐, 성적표가 아니라는 것이다. 당신의 삶이나 노력에 점수를 매기는 것이 아니다. 약이 늘어도 된다. 추가되어도 된다. 그저 우리는 함께 미궁을 빠져나가고 있을 뿐이다.

결국은 방향성이다. 미궁이 있다는 것을 인지하고, 미궁을 파악하고, 그 과정에서 도움을 받으려고 하는 것 모두가 나아지겠다는 방향성이다. 도중에 더 깊은 곳으로 들어갈지도 모르지만 결국 방향성이 우리를 구할 것이다. 그렇게 믿는다. 그러니 미궁의 특이 사항이 관찰되면 쪽지에 적어 전달하시오.

☑ 내게 맞는 의사를 찾는 모험

제일 오래 다닌 병원은 모 대학병원이었는데 8년 정도 다녔다. 집에서 편도로 한 시간 반 정도 걸리는 곳이었지만, 의사와 마음이 잘 맞았고 또 두 달에 한 번 꼴로 내원하면 됐던 터라 별로 힘들다는 생각은 들지 않았다. 근처에 맛집도 많았다. 의사와는 갈수록 손발이 척척 맞아서 진료실에 들어가서 하고 싶었던 얘기를 하고 처방을 받아 나오는 데 길어야 5분 정도 걸렸다. 그 정도면 충분하다는 생각이 들었다. 전주로 거처를 옮기게 된 지금은 그 병원에 다니지 않는다. 그래도 날 오래 지켜본, 내 병을 이해하는 의사 선생님이 있다고 생각하면, 언제든 그곳에 다시 갈 수 있다고 생각하면 든든하다.

처음부터 그 병원에 다닌 건 아니다. 당시 살던 동네에서 만난 첫 번째 의사는 내가 나아지지 않자 점점 약의 용량을 올렸다. 결국 서양의 건강한 성인 남성을 기준으로 한 용량보다도 많은 양의 항우울제를 먹게 되었다. 그래도 차도가 없자 그는 결국 그 말을 꺼냈다.

"창작 일을 관두시는 게 어떨까요?"

지금은 그가 왜 그렇게 말했는지 이해할 수 있다. 의사의 입장에서 생각해보면 당연하다. 병이 깊어지는 원인, 괴로움을 일으키는 원인을 찾아서 해결하는 것이 정신과 의사의 목표일 것이다. 그때 나는 음악과 글, 그러니까 창작과 그를 둘러싼 여러 가지 일 때문에 괴로워하고 있었다. 화상을 입을 정도로 불에 가까이 다가갔다면 뒤로 물러서는 것이 옳다. 하지만 당시의 나는 어렸고 지금보다 인생을 깔끔하게 볼 수 없었다. 창작과 삶을 분리시킬 수 없었다. 지금도 잘하는 건 아니지만… 예전에는 진짜 못했다. 음악을 하지 말라니. 글쓰기를 관두라니. 그 말이 내 인생에 대한 공격처럼 느껴진 나는 그 병원에 가지 않게 되었다.

정신과를 옮기긴 쉽지 않다. 병원을 바꾸면 처음 보는 의사에게 내 상태를 처음부터 다시 설명해야 하고 어쩌면 검사를 다시 해야 할 수도 있다. 정말 어려운 일이다. 그렇다고 새로운 의사에게 가서 "저는 이런 병을 가진 사람이니까 당신은 처방만 해주세요" 할 수는 없다. 의사는 자신의 판단으로 처방을 내리고 그 처방에 책임을 지는 사람이기 때문이다. 그렇다는 걸 머리로는 알지만 부담은 부담이기에…. 누군가는 자기와 안 맞는 병원에 꾸역꾸역 다니기도 하고, 용기를 내어 병원을 옮기는 과정에서 더 큰 상처를 받기도 한다. 그러다 아예 치료를 포기하기도 한다. 우울증 환자들은 기본적으로 개복치*이기 때문이다.

그리고 솔직하게 말하면 의사를 바꾸는 행위 자체가 쉽지 않다. 왜냐하면 의사는 환자가 가장 꺼내기 어려운 마음을 꺼내 보인 상대이기 때문이다. 치료를 시작하면 환자는 의사에게 유대감을 갖게 된다. 유대감, 즉 라포rapport는 치료에서 중요한 역할을 한다. 그렇게 겨우 라포가 형성된 의사를 바꾸다니, 아득한 일이다. 하지만 변화가 나쁜 것만은 아니다. 의사를 찾는 여정은 착하고 이해심이 넓은 친구를 찾는 것이 아닌, 정확한 처방을 도와줄 사람을 찾는 과정이라고 생각하면 마음이 조금 편해질까. 이 의사가 내 편을 들어주지 않는다, 차갑게 느껴진다, 서운하다 이런 느낌은 우리의 목표에서 가장 중요한 사안이니까. 이성적으로 지금 이 의사가 나의 치료 과정에 함께하기에 적합한

---

* 심해에 사는 물고기로, 비닐봉지를 보고
놀라서 죽기도 한다는 심약한 물고기.

상대인지를 생각해보면 좋다. 그게 아니라는 판단이 들면 병원을 옮기면 된다. 나의 케이스처럼 말이다. 첫 번째 의사는 나쁜 의사가 아니다. 나는 당황하긴 했지만 그에게 상처받진 않았다. 단지 당시의 나와 맞지 않았을 뿐이다. 그때 내가 정신과 진료 자체에 실망해서 치료를 포기했다고 생각하면 아찔하다.

어쩌면 병원을 옮긴다는 행위에 미안함을 느낄 수도 있다. '나에게 이렇게 도움을 준 사람인데?' 하고 말이다. 하지만 환자가 다른 병원으로 옮긴다고 하면 의사는 서운함을 느낄까? 아니라고 생각한다. 의사는 훈련된 사람이다. 내가 나가면 다음 환자가 들어올 것이고 의사는 리셋이 될 것이다. 이건 중요한 부분이다. 나는 의사를 흔들 수 없다. 그래서 남에게 할 수 없는 아주 어두운 얘기도 할 수 있는 것이다. 내가 진료실을 떠나는 순간 그는 리셋될 것이기 때문에.

차갑게 들릴 수 있으나 환자와 의사의 이런 관계는 건조하기에 역설적으로 따뜻할 수 있다고 생각한다. 이 거리감이 안전함을 만든다. 의사는 친구가 아니다. 그는 약을 주고 나는 먹고 나아진다. 맞지 않으면 병원을 옮긴다. 그럴 수 있다. 이 거리감은 오히려 긴 치료 과정의 동력이 된다.

나는 병원을 옮길 때 예전 병원에서 받았던 처방전을 들고 가거나 가장 최근까지 복용한 약의 이름과 용량을 기록해서 가지고 간다. 다니던 병원에 전원의뢰서를 써달라고 정식으로 요청한 적도 있다. 전원의뢰서는 병원을 바꿀 때 의사에게 정식으로 의뢰하는 문서이고 이 환자에게는 이러저러한 증상이 있고 이런 약으로 치료 중이라는 내용이 적혀 있다. 새로 만난 의사는 이를 주의 깊게 읽어보고 바통을 이어받는다. 그렇게 잘 지내오고 있다.

병원을 바꾸는 일이 개복치인 당신에게 어렵게 느껴질 수 있다. 하지만 해보면 생각보다 쉬운 일이다. 다른 많은 일이 그렇듯이 말이다. 의사를 신뢰하고 진료받자. 그러다 용기가 필요한 상황이 오면 과감하게 시도해보자. 전부 자기 자신을 위해 하는 것이다. 응원합니다.

　—개복치가 개복치에게

반 유 화 선 생 님 의
처   방   전

우울함이 계속된다면
병원에서 고통을 점검하세요

《정신과는 후기를 남기지 않는다》*라는 책을 아시나요? 방금

찾아보니 2018년에 출간되었었네요. 당시 저에게는 이 책의 제목이

무척 인상적이었습니다. 그때만 해도 정신건강의학과에 내원하는

분들이 자신의 경험을 공개적으로 나누기가 어려웠거든요. 그래서

현실을 너무나 잘 드러낸 제목이라고 생각했어요.

지금은 그때보다는 상황이 많이 나아졌다고 생각합니다. "나는

정병이 있어", "실수 좀 했다고 죽어 마땅하다고 생각하다니, 나

* 전지현 글·순두부 그림, 팩토리나인,
2018.12.07.

047

정병 또 도졌네"라는 농담이 (도덕적으로 올바른 농담인지 아닌지를 떠나서) 가능해진 것도, SNS에서 정신건강의학과 진료 후기를 자주 볼 수 있게 된 것도 모두 이러한 변화를 보여주는 예라고 할 수 있겠지요.

이처럼 "정신과는 후기를 남기지 않는다"는 말이 어느새 옛말이 되었음에도, 마음이 힘들어 '내가 혹시 우울증인가?' 싶을 때 언제 병원을 방문해야 하는지, 가서는 대체 무슨 얘기를 어떻게 해야 하는 것인지 고민하고 막막함을 느끼는 경우가 아직 많습니다.

이 책은 바로 그런 고민을 가진 분에게, 의사의 입장이 아닌 환자의 입장에서, 무엇을 어떻게 해야 하는지를 ABC부터 차근차근 알려주고 있는 멋진 가이드북입니다. 오지은 님의 우울증 치료기인 동시에 실용적인 안내서인 것이죠. 저는 거기에 약간의 팁을 추가하겠습니다.

제가 많이 받는 질문 중 하나는 '병원에 갈 때 준비할 게 있는가?'인데요. 여기에 대해 먼저 말씀 드릴게요.

저는 보통 초진을 볼 때 거의 똑같은 질문으로 대화를 시작합니다. "이번에 병원에 와야겠다고 결심하신 계기에서부터, 원하시는 순서대로 말씀해주세요. 저는 말씀을 듣다가 중간중간 끼어들며 여쭤보겠습니다." 유년시절부터 함께해온 우울감에도, 두 달 전부터

048

시작된 가슴 두근거림에도, 결국 그리하여 병원을 찾게 만든 마지막 계기는 반드시 존재합니다. 오랫동안 힘들었는데, 결정적으로 병원을 찾게 된 것은 왜 하필 지금일까. 아주 사소해 보이는 이유라 하더라도 그것은 무척 중요한 의미를 지니고 있을 수 있습니다. 바로 그 이유가, 병원으로 향하는 그토록 어려운 첫 발걸음을 내딛게 만들었기 때문이에요. 그래서 반드시 살펴보아야 합니다.

그러나 이것에 대한 대답을 준비해 오실 필요는 없어요. 일단 진료실에 들어가면 생각나는 대로 편히 얘기하시되, 중간에 의사의 질문을 받게 되면 거기에 대해 생각나는 대로 또 대답해주시면 됩니다. 증상의 경과를 적어 오셔도 되지만, 그렇지 않아도 괜찮습니다. 물론 시간적인 한계가 있기 때문에 초진 때 모든 내용을 100퍼센트 자세히 훑기는 어렵습니다. 그래서 초진은 대략적인 사실 확인, 즉 주요 증상 및 현재의 스트레스, 기저질환, 식사 및 수면, 가족 구성 등의 파악 위주로 진행되는 편입니다.

한 가지 준비해 오시면 좋은 것은 있습니다. 바로 기저질환으로 인해 약을 복용 중인 경우 어떤 약인지 파악해오는 것입니다. 만약 기존에 정신건강의학과를 내원한 적이 있는 경우라면, 마지막에 복용한 약을 알아 오신다면 진료에 정말 많은 도움이 됩니다.

내가 지금 우울증인지 아닌지를 알 수 있는 리트머스지 같은 도구가 있으면 좋겠다는, 오지은 님의 바람과 비슷한 바람을 가진 분들이 많습니다. 혈액검사를 해서 헤모글로빈 수치가 12 미만이면 스스로가 어떤 주장을 해도 빈혈인 것처럼 말이죠. 병원에 꾸준히 내원하시는 많은 분에게조차 마음 깊은 곳 어딘가에는 '나는 사실 우울증이 아니라, 그저 게으른 사람인 게 아닐까? 아무것도 하지 않고 있는 이 상황을 우울증이라는 이름으로 합리화하는 것은 아닐까'라는 의구심이 존재하곤 합니다. 그 의구심을 해소하기란 쉽지 않고요. 저는 여기에 대해 이런 말씀을 드리고 싶어요.

게으름이면 어떻고 우울증이면 어떤가요. 그것의 이름이 무엇이든, 분명한 건 지금 이 순간 나 자신은 게으름인지 우울증인지 모를 그 무언가로 인해 괴로움을 느끼고 있다는 사실입니다. 자신을 고통스럽게 할 정도의 게으름이라면, 그것대로 (오지은 님의 표현을 빌자면) 무척 수상한 것 아닐까요? 그렇기에, 게으름이든 자책감이든 우울감이든 스스로가 한심하다는 감각이든, 또는 그 밖의 어떤 것이든 일단은 다 떠나서 괴로움 그 자체에만 집중합시다. 그러면 많은 것이 심플해집니다.

그리고 사실, 스스로가 우울증에 '기대고' 있는 게 아닌가 하고 걱정하는 사람이 정말로 그러할 확률은 극히 낮습니다. 스스로에 대해 '지속적으로' 자책의 성격을 띤 의구심을 가지는 것 자체가 오히려 우울의 경향성을 보여줍니다. 이렇게 자기 고통의 귀책사유를 스스로에게 돌리는 또 다른 이유는 그것이 역설적으로 통제감을 주기 때문입니다. '내가 통제하려면 할 수 있는데 안 하고 있는 거'라고 여기면서 무의식은 편안함을 느낍니다. 스스로 통제할 수 없는 무언가로 인해 고통받는 건 굉장히 두려운 일이거든요. 어린 시절 양육자로부터 고통을 받았다고 해봅시다. 나의 고통이 '내가 사랑받을 만하게 굴지 않아서 치른 대가'라고 생각해야 '내가 하기에 달린 것, 그렇기에 어쩌면 막아낼 수 있을지도 모르는 것'이 됩니다. 내 노력과 상관없이 철저히 상대의 기분과 운과 우연에 맡겨야 한다면 그것은 너무 무서운 일일 테지요.

다른 한편으로 우리는 때로 고통이 내가 통제할 수 없는 요인으로 인해 맞이한 것임을 알게 될 때, 역설적으로 마음이 편해질 때가 있어요. 내가 어차피 할 수 있는 게 없다면 자책하지 않아도 되니까요.

이렇게 우리는 기본적으로 이 두 가지 역설을 오갑니다만, 개인의 성격 또는 당시의 상황에 따라 어느 쪽을 더 편안해하는지(의식적인 편안함이 아닌 무의식적 편안함)가 달라집니다.

그렇다면 우리는 언제 병원에 가야 할까요?

그런 말이 있죠, "할까 말까 할 때는 하라." 병원을 가는 문제는
특히 그러하고, 정신건강의학적 문제라면 더욱 그러합니다. 나의
생각과 감정에 대한 문제인데 조금이라도 찝찝한 마음이 들었다?
그러면 가는 것이 낫습니다. 살아가면서 오랫동안 쌓아온 빅데이터가
보내주는 신호를 결코 무시하지 마세요. 잠시라도 '병원에 가볼까
말까'라는 생각이 드는 순간, 가서 손해볼 것은 그다지 없습니다.
그러나 가지 않았을 때 손해볼 것은 많습니다.

책에서도 소개한 '역학 연구를 위한 우울 척도'의 문항을
참고하시는 것도 물론 도움이 됩니다만, 직관적으로 이해하실 수
있을 만한 대표적인 몇 가지 사례만 나열해보겠습니다.

1) 의식주의 변화

의식주보다 중요한 것은 없습니다. 식욕의 증가 또는 감소, 불면
또는 과수면, 집 정리(집이 도저히 손쓸 수 없을 정도로 지저분해졌어요),
또는 개인위생 수행이 어렵다면(샤워하는 것도 힘들어요) 망설이지
마세요.

2) 학업, 업무, 관계, 경제적인 이슈에서 문제 발생

사소한 일에 화가 나 친구와의 관계를 일방적으로 끝내거나, 사람들을 점점 만나지 않나요? 과제나 업무가 원래의 내가 밀리던 수준보다 점점 더 심하게 밀리게 되거나 (조금 밀리는 것은 인간적인 수준이니까요), 중요한 마감, 회의를 놓치거나 놓칠 뻔하고, 지각이나 결석이 발생하거나 잦나요? (경제적으로 정말 어쩔 수 없는 사정이 아닌 사유로 인해) 카드, 공과금의 연체가 발생하거나 대부업체에서 계획에 없던 대출을 받은 상황인가요?

3) 사소한 단서에도 죽음을 떠올릴 때

직접적인 자살사고 이외에도 다음과 같은 것들도 포함됩니다. 병뚜껑이 잘 안 열린다고 '한심하네. 죽어야 하나?'라고 생각하거나 '내일 아침에 눈이 떠지지 않으면 좋겠다', '교통사고 같은 외적인 요인으로 죽게 되면 좋겠다', '세상에서 사라지고 싶다'는 생각이 자주 든다면 병원에 내원해보세요.

4) 이전에 즐기던 것들이 더 이상 즐겁지 않음

취미, 여행, 친구와의 만남, 덕질 등이 더는 흥미롭지 않고 감흥이 없나요?

5) 신체 증상이 발생할 때

예를 들면, 지치고 무기력한 느낌, 숨쉴 때 답답하거나 산소가
부족한 느낌, 가슴이 두근거림, 기절하거나 죽을 것만 같은 느낌이
그렇습니다. (이 중 대부분은 공황장애의 증상이지만, 우울과 불안은 사실 완전히
독립적으로 존재하기 어려우며 공황장애는 우울증의 주된 동반 질환 중 하나입니다.)

마지막으로, 병원에 다닌다는 사실을 주변에 알리는 게 좋을지
고민하고 계시다면, 이렇게 말씀드리고 싶습니다. 일단 매우 믿을
만한 사람에게 알렸을 때는 생각 이상의 도움을 받을 수도 있다고요.
상대도 자신의 진료 사실을 오픈하면서 뜻밖의 위로를 받거나,
괜찮은 병원에서부터 감정 일기를 쓰기 좋은 다이어리 브랜드에 대한
정보까지 여러 꿀팁을 들을지도 모릅니다.

그러나 직장이나 학교, 가족에게 공개하는 것에 대해서는 깊이
고민해본 후 결정하세요. 내가 지지와 배려를 받을 수 있을 것
같은지, 아니면 낙인과 부정적인 반응으로 인한 상처가 돌아올 것
같은지를요. 특히 직장의 경우, 요즘은 정말 많이 나아졌지만
정신건강의학과 진료를 받는다는 사실에 편견을 가지고 평가할 때도
간혹 있기 때문입니다. 결정이 어려우면 이 문제에 대해 주치의와
상의해보는 것도 좋은 방법입니다.

Step. 2

제대로 진단받기,
제대로 치료하기,
제대로 대처하기

마음을 치료할 때 드는 비용은?

☑ 솔직히 얼마가 드는가

지금과 다른 양상으로, 어쩌면 더 우울했던 20대 중반의 어느
겨울. 갑자기 연말이 두려워졌다. 크리스마스가 오고, 12월
31일이 오면 더 불행하게 느껴질 것 같았다. 당시 나에게는 돈도
없었고 연인도 없었다. 마침 인천의 한 클럽에서 공연 섭외가
들어왔다. '그래, 차라리 공연을 하자.' 나는 기타를 메고 공연장에
가서 딩가딩가 노래하고 별로 나아지지 않은 축축한 기분으로
(오히려 미묘하게 조금 더 나빠졌을지도) 집으로 돌아가는
버스를 탔다. 버스가 긴 다리 위를 달리고 있을 때 닌텐도DS*를

---

* 닌텐도 사의 휴대용 게임기로, 한국에는
2012년에 정식 발매되었다.

꺼내 동물의 숲*을 켰다. 우리 마을 동물 친구들은 불꽃놀이를
하고 있었고 항상 그랬듯 날 반겨주었다. 화면 속에서 터지는
작은 불꽃놀이, 버스 창밖의 캄캄한 어둠, 창에 낀 얇고 햐얀
성에… 꽤 따뜻한 시간이었다.

그 닌텐도DS를 사기 전, 긴 고민의 시간이 있었다. 수중에
20만 원이 생겼다. 당시의 나에겐 상당히 큰 금액이었다. 병원에
갈까, 아니면 게임기와 동물의 숲 게임팩을 살까? 고민하다가
후자를 택했다. 당시의 나는 20만 원으로 병원에서 어떤 치료를
받을 수 있는지 몰랐다. 누군가가 지나가는 말로 "상담 한 번
받는데 20만 원이라던데?"라고 말한 것이 결정적이었다. 한 번의
치료로 그 돈을 다 허비해버리고 나면 더 혼란스러워질 것
같았다. 2000년대 중반에는 정신과에 대한 정보가 지금보다
훨씬 적었다. 병원에 다니는 친구도 없었고 우울증에 대한 글도
인터넷에서도 찾아보기 힘들었다. 그런 와중에 동물의 숲의 동물
친구들이 얼마나 귀여웠는지…. 그 깜찍함이 내게 오랜 치료
효과를 줄 것 같았다.

내가 그때 병원에 가지 않고 게임기를 산 건 좋은

* 동물들과 숲에서 노닥거리는 것이 전부인,
그래서 아주 멋진 게임.

선택이었을까, 나쁜 선택이었을까? 지나간 일이니 깊이
생각하고 싶진 않다. 하지만 '조금 더 빨리 치료를 시작했다면
지금 내 우울증 증상 중 몇 가지는 없거나 좀 옅어졌을까?' 하는
궁금증은 있다.

　모르면 무섭다. 공포는 무지에서 온다. 난 치료에 대해 몰랐기
때문에 병원도 상담도 무서웠다. 그래서 적극적으로 알아보려
하지 않았다. 지금 생각해보면 그 지인은 정신과에 정기적으로
다닐 때 드는 진료비나 약값을 몰랐던 것 같다. 사실 상담 비용도
센터에 따라, 선생님에 따라 많이 다르다. 사람들은 마음을
치료하는 데 엄청난 돈이 든다고 오해하곤 한다. 내가 그랬던
것처럼. 그래서 이번 글에서는 과거의 나에게 정보를 전하는
마음으로 치료비에 대한 여러 가지 오해를 풀어볼까 한다.

　먼저 우리가 꼭 알아야 할 개념이 있다. 약물치료(로 대표되는
생물학적 치료)와 상담치료다. 이 구분이 명확하지 않아
일어나는 작은 비극이 있다. 가끔 인터넷에서 이런 하소연을
본다. 우울증인 것 같아서 치료를 받으러 갔는데 약은 주지 않고
자꾸 어린 시절을 물어봐서 짜증이 났다는 얘기. 반대로 이런
하소연도 있다. 내 사정을 좀 들어줬으면 좋겠는데 약만 주고
돌려보내서 서운했다는 얘기. 두 경우에 대해 자세하게
얘기해보겠다.

먼저 정신과부터. 정신과의 진료실에는 의사가 앉아 있다. 의사는 의대를 나왔다(생각해보면 당연한 얘기인데 처음에는 조금 신기했다…). 약물치료는 정신과에서만 받을 수 있다. 아, 그렇다고 정신과에서 상담을 하지 않는 것은 아니다. 상담치료를 병행하는 의사도 있고, 약물을 주로 처방하되 짧은 상담을 하는 경우도 있고, 약물 없이 상담만 진행하는 경우도 있다. 의사마다, 또 환자의 상태에 따라 치료에 접근하는 방법이 다르기 때문이다. 하지만 초심자를 위해 조금 거칠게 얘기하자면 '약을 탈 때는 정신과에 간다'고 생각하면 될 것 같다.

그리고 상담센터. 상담센터에는 상담자가 앉아 있다. 그들은 임상심리, 또는 상담심리를 전공했다. '당신의 어린 시절을 얘기해보세요'가 바로 여기다! (물론 정신과에서 얘기해도 된다.) 가자마자 어린 시절 얘기를 해야 하는 것은 아니고 어느새 내가 줄줄 말하고 있고 줄줄 울고 있다에 가깝긴 하지만…. 상담센터에서 상담자는 약을 처방하지 않고 내담자와의 상담을 통해 증상의 원인에 다가간다.

불면증을 예로 들어보자. 상담치료에서 잠을 못 자는 상황에 대해 하소연하면 상담자는 당신에게 천천히 시간을 들여 이런 질문들을 할 것이다. "왜 잠이 오지 않을까요? 왜 잠에 드는 것이 어려울까요? 당신의 마음속에 어떤 일이 벌어지고 있을까요?

과거의 어떤 것이 원인일까요? 그럼 우리는 어떻게 대응하면 좋을까요?" 상담자는 와르르 쏟아내듯 묻지 않는다. 천천히, 하지만 확실하게 스스로가 답에 다가갈 수 있도록 당신을 가이드한다.

무엇이 좋고 무엇이 나쁘다는 개념이 아니다. 그래서 환자 입장에서는 '무엇이 나에게 우선적으로 필요한가'를 생각하면 좋을 것이다. 계속 불면증에 대해 얘기해보자면, 밤에 잘 자는 사람이 되기 위해서는 다양한 방식의 접근과 노력이 필요할 것이다. 우선 오늘 밤 당장 잠드는 것이 중요하다. 일찍 잠드는 습관을 갖는 것도, 밤에 못 자는 원인을 찾아내는 것도, 그 원인을 없애는 것도, 나쁜 습관을 교정하는 것도 다 중요하다. 그러니까 병원과 상담센터는 '질 좋은 잠을 잔다'라는 목표 지점으로 가기 위해 선택하는 길이 다르다고 볼 수 있다. 그래서 나는 병원에도 가고 상담센터에도 간다…!

가장 궁금해할 비용을 말하겠다. 내가 제일 오래 다닌 대학병원 정신과의 경우, 내원 횟수는 두 달에 한 번이었고 그때마다 두 달치 약값과 진료비를 한꺼번에 계산했다. 금액은 8만 원이 조금 안 되었다(2024년 기준). 처음에는 나에게 맞는 약을 찾기 위해 1~2주에 한 번씩 갔지만, 나에게 맞는 약물과 용량을 찾은 다음부터 두 달에 한 번 가면 됐다. 누군가는 비싸다고 생각할 수도 있지만, 한 달에 4만 원으로 가라앉힌 증상이 얼마나 많은지를 생각하면 난 오히려 저렴하다고 생각한다.

전주로 이사를 오고 나서는 개인 병원에 다녔다. 그래서인지 치료비가 더욱 저렴해졌다. 이 선생님과는 한 달에 한 번 만나고 있다. 진료 시간은 대략 5분 정도. 한 달치 약값과 진료비는 14700원(2024년 12월 기준). 전주사랑상품권*을 써서 10퍼센트 할인까지 받았다. 물론 초진이라면 진료 시간과 받은 검사에 따라 비용이 달라진다. 병원과 진료 방법에 따라 그 비용도 천차만별이다. 하지만 처방이 일정해진 후부터는 많은 경우 비용에 대한 부담 없이 다닐 수 있다. 한 달치 약값과 진료비까지 해서 커피 세 잔 가격이라니… 좋지 아니한가.

상담센터는 정신과에 비해 비용의 편차가 크다. 내 경험에

* 지역 경제 활성화 및 소상공인 지원을 위해 지자체에서 발행하는 지역화폐로, 지역이나 시기마다 다를 수 있지만 일반적으로 지역화폐를 10퍼센트 할인된 가격에 판매하거나 이용 시 금액의 일부를 환급받는 등의 혜택이 있다. 병원이나 약국의 경우, 연 매출 30억 이상의 병원이나 병원 주변 대형약국을 제외한 곳에서만 사용이 가능하다. 전주시에는 전주사랑상품권이 있으며 애칭은 '돼지카드'다. 맛있는 게 많아서 돼지처럼 많이 먹으라는 뜻은 아니겠지….

대해서만 말해보겠다. 파주에서 다녔던 상담센터는 한 시간 기준 회당 7만 원이었고, 지금 전주에서 다니는 곳은 9만 원이다. (가격이 훨씬 높은 곳도 있다.) 환자 입장에서 상담치료는 부담된다. 가격이 상당한 데다 한두 번으로 끝나지 않기 때문이다. 상담은 보통 1회 50분 정도고, 횟수는 다양하나 10회 정도를 기준으로 잡는 것 같다. 그래서 한동안 꿈도 꾸지 않았는데 곰곰이 생각해보니 개인 트레이닝인 PTPersonal Training 가격과 비슷한 것이었다. 사실 상담은 마음의 PT를 받는 것이나 마찬가지다. 내 마음의 어디가 일그러져 있는지, 건강하게 바로 서려면 마음에 어떤 운동을 시켜야 하는지, 마음의 코어 근육을 키우려면 어떻게 해야 하는지를 전문가와 알아본다고 생각하면 그 가격도 충분히 납득될 것이다.

좋은 소식을 하나 전하고 싶다. 경제협력개발기구 OECD 회원국 중 자살률 1위 국가인 한국**의 정부는 아픈 사람들을 꽤 적극적으로 돕고 있다. 내가 지금 전주에서 받고 있는 상담은 '전국민 마음투자 지원사업***'으로 상담비의 80퍼센트를

** <비통한 OECD 1위...자살률 8.5% 치솟아 9년 만에 최대> 조선일보, 2024.10.5.

*** 우울·불안 등 정서적 어려움으로 인해 심리상담이 필요한 국민에게 전문 심리상담 서비스 바우처를 제공하는 서비스, 보건복지부가 주관한다.

지원받고 있다. 그 외에도 다양한 지원 사업이 있으니 인터넷에서 꼭 검색해보자. 주민센터에서도 안내받을 수 있다.

　심리상담을 처음 받았을 때가 생각난다. 정신과를 오래 다녔기 때문에 치료를 진행하는 방식이 낯설지 않을 줄 알았는데, 상담은 마치 새로운 길을 처음 걸어보는 느낌이었다. 하지만 곧 목적지는 같다는 것을 알았다. 그곳은 내가 오랜 시간 만든 어리석은 미로가 사라진 곳이다. 나는 지금도 그곳을 향해 걷고 있다. 의사 선생님은 내가 그 미로에 갇히지 않고 일상을 살아가게 도와주고 있다. 상담 선생님은 미로의 시작점과 미로의 모양을 파악하게 도와주고 있다. 그렇다. 나는 도움을 받고 있다. 아, 닌텐도도 여전히 갖고 있다. 동물의 숲도 최근 다시 시작했다. 이쪽도 마음에 확실히 도움되니깐.

우울증은 의지 바깥의 영역입니다

☑ 뇌에 힘을 주면 정병이 나을까

한국인은 의지의 민족이다. 그게 좋은지 나쁜지는 모르겠다.
아마 둘 다겠지. 한국인의 의지는 많은 것을 해냈다. 한강의
기적도 일으켰고, 그 덕에 국내총생산 즉, GDP Gross Domestic
Product도 엄청나게 올랐다. 사람이 자원이라는 말이 있지 않은가.
그 말은 어디에선가는 사람을 굴린다는 뜻으로 해석할 수도 있다.

우리 부모 세대는 밥도 제대로 먹지 못하는 상황에서 많은 것을
이뤄냈다는 점에서 존경스럽다. 그런 에너지는 어디서 왔을까.
아마 세상을 믿을 수 있었기 때문에 가능했다고 생각한다.
20세기엔 기술이 발전하면 세상이 나아지고 국력이 커지고
더불어 우리 집 텔레비전의 크기도 커지고 아파트 평수도 커질

것이고 그럼 더 행복해질 것이라는 믿음이 있었다. 얼마 전까지 폐허였던 서울에서 올림픽이 열렸다. 한국이 세계에 알려지고, 회사가 점점 커지고, 내 월급도 오르고, 계속 그렇게 세상이 점점 환해지고 더불어 자신의 인생도 밝아질 것이라는 믿음이 과거 세대에게는 있었다. 그리고 전 세계적 불황이 왔다. 이제 자식 세대는 안다. 더 이상 그렇지 않다는 것을. 열심히 노력한 다음 얻는 열매의 속이 어쩌면 비어 있을지도 모른다는 것을.

갑자기 사회학 책에서나 나올 것 같은 말을 했지만, 이런 세대 차이에서 흔한 비극이 탄생한다. 정신적으로 강한 부모 세대 눈에는 자식 세대가 나약해 보인다. '이렇게 좋은 환경에서 왜 그렇게 굴지? 나는 더 힘든 상황에서 더 큰 성취를 했는데.' 그들은 메마른 땅에서 희망을 품고 살았기 때문에 이 풍족한 땅에서 희망 없이 사는 젊은이들을 이해할 수 없다. 그래서 (그들의 기준에는) 작은 좌절에 정신과에 가겠다는 자녀를 이해할 수 없다. "너는 결국 의지가 부족한 거야. 네가 미친 사람이야? 정신과에 왜 가?" 가족 간의 사랑이 있는 경우 역설적으로 그 말이 주는 상처가 더 커진다. 부모에게 정신과에 대한 거부감이 있다면 자식에게도 전염된다. '왜 나는 나약할까? 왜 이겨내지 못할까?' 그렇게 마음속 우물이 더욱 깊어진다.

정신력으로 우울증을 이겨낸다고 말하는 사람을 보면 자동차가 떠오른다. 타이어가 마모되었는데 계속 달리는 자동차. 의지로, 악으로, 깡으로, 노력으로 달리는 자동차. 어쩌면 그 자동차는 1등으로 결승선을 통과할 수도 있다. 그 악조건에서 말이다. 많은 사람이 그 '초월적 상황'에 찬사를 보낼지도 모른다. 의지로 역경을 이겨냈구나! 역시 의지는 위대해! 삶은 역시 마음먹은 대로 흐르는 거야! 하지만 그렇게 결승점을 통과하고 난 차의 상태는 어떨까. 아마 휠은 완전 망가졌을 것이고, 그런 휠로 달리느라 차의 다른 부분도 상당히 손상됐을 것이다. 망가진 차는 차고에서 얼마간 쉬게 한다고, 약간 수리한다고 원래 상태로 돌아오지 않는다.

차야 망가지면 폐차하면 된다고 해도, 인생은 그렇게 할 수 없다. 삶은 계속된다. 한 번 결승점을 통과했다고 끝난 게 아니다. 대학에 들어가면, 취직만 하면 다 될 줄 알았는데…. 이 결승점을 지나면, 또 다른 결승점이 있다. 어쩌면 좋은가.

'적당히'라는 선을 파악하기는 항상 어렵지만, 그래도 적당히 달렸다면 타이어가 완전히 마모되기 전에 멈췄다면 휠은 지킬 수 있었을 것이다. 경기가 끝난 후 타이어를 교체하고 다음 경기를 대비하면 된다. 그것이 회복탄력성이라고 생각한다. 쉬면 낫는다. 상태가 나빠졌어도, 엄청나게 힘들었어도 시간이 지나면 어느새 괜찮아진다. 하지만 자신의 한계를 '초월'해버린 경우가 문제다.

흔히 초월은 좋은 단어라고 생각한다. 하지만 긴 인생에서 자꾸 초월할 수는 없다. 초월한 다음 안정을 찾았다면 정말 멋지겠지만 그건 쉽지 않다. 그렇지 않은 경우, 무리해서 이미 망가졌는데 자꾸 더 달려야 한다는 강박이 있을 때, 위험해질 수 있다고 생각한다.

당신은 어쩌면 이렇게 생각할지도 모른다.

'다들 이렇게 살잖아. 내가 조금만 더 노력하면 상황이 나아질 거야. 뇌에 힘을 주면 긍정적 인간이 될 수 있지 않을까? 나 정도면 운이 좋은 편이니까 나약하게 굴면 안 돼. 부모님은, 다른 사람들은 나보다 훨씬 나쁜 상황에서 더 큰 성취를 이루었잖아. 나도 계속 달려야만 해.'

이런 생각은 때때로 개인의 발전에 도움이 된다. 성장과 성취가 이어진다. 하지만 어떤 경우에는 당신이라는 자동차의 바퀴를 망가뜨린다. 그 지점을 우리는 잘 구분해야 한다.

예전에 내가 진단받았던 번아웃 증후군이 바로 그런 것이었다. 얼떨결에 첫 책《홋카이도 보통 열차》*를 낼 때는 글 쓰는 사람으로서의 자각이 별로 없었다. 그저 솔직하게 쓰면 된다고, 최선을 다하면 된다고 생각했다. 하지만 두 번째 책

《익숙한 새벽 세 시》**를 쓸 때는 달랐다. 더 잘하고 싶었다.
더욱 솔직하게, 더욱 아름답게, 읽는 사람의 시간이 아깝지
않도록 더욱 의미 있게 쓰고 싶었다. 내가 할 수 있는 최상의 것,
그러니까 한계까지 가고 싶었다. 어쩌면 넘고 싶었을지도 모른다.
하지만 그 책은 세 번째 앨범 〈3〉을 낸 다음에 쓰기 시작한
것이라 이미 쌓여 있는 창작의 피로가 컸다. 나는 소진되었다는
느낌이 들었고, 삶에서 느끼는 그런 감각을 한 권의 책으로
만들고 싶었다. 그러니까 소진에 대해 쓰려다가 정말로 소진이
되어버린 것이다. 한계 근처에서 지내다 보면 사람은 망가지기도
한다. 한계란 그런 것이기 때문이다. 그래서 '노트북을 열어야
하는데' 생각만 하며 일곱 시간 동안 노트북을 바라보는 지경에
이르렀다.

　글을 쓰게 되지 못한 스스로를 나는 혐오했다. '더 노력하면
되지 않을까? 아직 고생을 덜해서일까? 철이 없어서일까? 그냥
내가 한심해서일까? 혹시 애초부터 책을 쓸 사람이 아니었던
걸까?' 그렇게 스스로를 점점 더 어려운 상황으로 몰아갔다.
돌이켜보면 이때 멈췄어야 했다. 하지만 당시의 나에겐 멈춘다는
선택지가 보이지 않았다. 작업을 못하는 자신을 매일 더 싫어하게

*　북노마드, 2010. 8. 12.　　　**　이봄, 2016. 4. 28.

되었고, 그 결과 쓰지도 읽지도 못하게 되었다. 나는 번아웃 증후군 진단을 받고, 그 사실을 받아들였다. '내 타이어가 다 닳았구나. 더 달리면 안 되는구나.' 그때부터 나를 수리할 수 있었다.

망가진 휠 앞에서 아무리 빌어봐도 찌그러진 부분은 돌아오지 않는다. 휠은 정비소에서 펴야 돌아온다. 완전히 갈아야 할지도 모른다. 그 사실을 무시하고 계속 주행하면 다른 부품도 상한다. 나에겐 아무런 문제가 없다고 강하게 믿어도, 매일 새벽마다 108배를 해도, 바뀌지 않는 것이 있다. 의지 바깥의 영역이 있다. 뇌에 아무리 힘을 줘도 정신병은 낫지 않는다. 낫고 싶다면 다른 길을 택해야 한다. 직시하는 길. 파악하는 길. 받아들이는 길. 재활하는 길. '회복'을 향한 길은 차례로 이어진다. 많은 사람들이 그 길을 걸었다. 그리고 나았다.

아, 그나저나 자동차 휠 비유를 한 이유가 있다. 최근 운전하다 사고가 났는데 꾸역꾸역 집으로 끌고 와서 결국 휠이 망가졌기 때문이다…. 그러니까 사고가 나면 바로 보험사에 연락합시다. 아무리 짧은 거리라도 견인 서비스를 받읍시다. 자동차도 사람도!

약물치료는 의존이 아닌 적극적인 치료 행위입니다

☑ 단약의 함정

약은 불편하다. 약이라는 존재 자체가 그렇다. 될 수 있으면 안
먹고 싶다. 줄이고 싶다. 최종적으로 약 없이 사는 인간이고 싶다.
많이들 이렇지 않을까?

정신과 약은 특히 더 그렇다. 어딘가 수상하고, 안 먹어도 될 것
같고…. 위장약이나 두통약과는 다른 느낌이다. 소염제와도
다르다. 어딘가 좀 미지근한 구석이 있다. 오랜 치료 경험을 가진
의사가 나의 증상에 맞게 처방해준 약인데도 그렇다. 개인적인
인상을 말하자면, 두통약을 먹으면 머리가 덜 아플 것이라는
믿음, 위장약을 먹으면 위가 덜 쓰릴 것 같다는 믿음, 소염제를
먹으면 염증이 가라앉을 것 같은 믿음, 그런 단순한 믿음이

정신과 약에는 잘 생기지 않는 것 같다.

　그래서 누군가는 미심쩍은 마음으로 약을 꿀떡 삼킨다.
누군가는 병원까지 가서 약을 타왔는데도 먹지 않는다. 한동안 잘
먹다가 괜히 자기 마음대로 약 몇 개를 빼보기도 한다. 누군가는
부작용을 검색해보고 겁이 나서 먹지 않기로 한다. 누군가는 며칠
먹어보고 나타난 초기 증상이 불편해서 그냥 먹지 않기로 한다.
아, 누군가는 성실히 먹는다. 그러다가 갑자기 약을 먹는 게
지겹고 서글퍼져서 그만 먹는 경우도 있다. 정신과 환자들은 정말
단약을 잘한다. 끊을 단斷, 약 약藥. 단약이란 약을 자의적으로
그만 먹는 행위를 말한다.

　단약은 나쁘다. 이 바닥에 정설처럼 도는 말이다. 그런 말이
돈다는 것은 단약을 하는 사람이 많고 후유증을 겪은 사람도
많다는 뜻이다. 아마 사랑으로 말하겠지. 넌 단약 하지 마. 진짜
큰일 나. 하지만 충고는 충고, 나는 나. 우리는 대부분의 충고를
흘려버린다. 내 귀에 잠시 들어온 좋은 말보다 내 마음속 불안이
더 크기 때문이다. 단약은 실제로 위험하고, 그 이유는 조금
복잡하다. 내가 아침마다 먹고 있는 프리스틱이라는 항우울제를
예로 들어보겠다.

　프리스틱Pristiq. 성분명은 데스벤라팍신Desvenlafaxine으로, 나는

이것을 오래 먹어왔다. 프리스틱은 편의상 2세대 항우울제로 구분한다. 그렇다, 우울증 약에도 마치 아이돌처럼 세대가 있다…. 항우울제는 말 그대로 우울증에 대항하는 약이라 흔히 처방된다. 나는 이런저런 항우울제를 먹어본 다음 프리스틱에 정착했다. '이 약이 제일 좋다!' 이런 얘기는 아니고 '내 증상과 내 뇌에 잘 맞고, 나는 이 약에 적응했다'는 의미에 가깝다.

현재 가장 많이 사용되는 항우울제는 세로토닌 재흡수 억제제 계열이다. 프리스틱은 세로토닌 및 노르에피네프린 재흡수 억제제 계열의 항우울제인데…. 이 대목에서 당신의 집중력이 확 떨어졌을 것 같다. 좀 어려운 것 같지만 사실 별말 아니다. 세로토닌은 신경전달물질로, '행복 호르몬'이라는 별명으로 유명하다. 세로토닌은 기분, 식욕, 수면 등의 조절에 관여하는데, 셋 다 우울증 환자들이 흔히 어려움을 겪는 장르다. (그렇지요?) 2세대 항우울제는 이 세로토닌이 뇌에 더 오래 남아 있게 해준다. 노르에피네프린은 각성과 집중, 기분, 통증 등의 조절에 관여한다. 나는 이렇게 이해했다. 약을 먹음으로써 이런 좋은 물질들이 몸속에 더 오래 남아 있게 하여 내 기분과 식욕과 수면의 질이 조금 더 좋아지게 도와준다고.

이 약의 정확한 원리에 대해 우리가 알아야 할 필요는 없다고 생각한다. 우리는 제약회사 사람도, 의사도 아니니까! 하지만 이 약을 매일 먹는 사람으로서 알아두면 좋은 점이 몇 가지 있다. 난 이 약을 매일 소비하는 사람이니까 조금 현명한 소비자가 되는 편이 내게도 좋을 것이다. 마치 매일 먹는 두유의 영양 성분표를 보고 '당이 이만큼 들었네? 단백질은 이만큼 있구나!' 하며 정보를 슬쩍 알아두는 것처럼.

프리스틱은 먹는다고 바로 효과가 나오지 않는다. 어떤 정신과 약은 복용 후 바로 변화가 느껴진다. 안정제나 수면제 같은 약이 그렇다. 그런 약은 몇 시간이 지나면 혈액에서 완전히 사라진다. 하지만 대부분의 항우울제는 그렇게 작용하지 않는다. 그러니까 어떤 물질을 뽕 넣어서 상황을 뽕 바꾸는 것이 아니고 긴 시간에 걸쳐 복합적으로 작용해 상황을 바꾼다. 이런 약의 경우 보통 효과가 나오기까지 2주에서 6주 정도를 기준으로 본다. 그래서 마음대로 뚝 끊으면 안 된다. '뭐야, 효과 없잖아' 하고 며칠 먹다 말아도 안 되고, '이제 괜찮은 것 같은데?' 하고 마음대로 복용을 멈춰서도 안 된다. 다음 우울의 파도가 더 크게 올 가능성이 있기 때문이다. 사실 나도 마음대로 약을 몇 개 뺐다가 몇 번 기진맥진했던 적이 있다. 약간 협박처럼 느껴지는가? 맞다. 많은 사람이 단약을 하고 전보다 상태가 나빠진다.

그래서 약은 의사와 함께 조절해야 한다. 복용량을 늘리거나, 또는 서서히 줄이거나, 맞지 않는 것 같아 다른 약으로 바꾸거나,

전부 의사가 기꺼이 당신과 함께하고 싶어 하는 일이다. 물론 약은 만능이 아니라서 인지치료를 받거나 굳어져버린 생활 습관을 바꾸는 것도 중요하다. 하지만 일단 침대에서 일어나지 못하는 사람이라면, 일상생활이 안 된다면, 약 복용으로 최소한의 도움을 받으며 마음의 근육을 키울 수 있으면 좋을 것이다.

　일개 환자의 입장에서 정신과 약을 해석해보자면 이렇다. 나에겐 어떤 이유인지 내 몸에서 나오지 않는 혹은 과하게 나오는 물질이 있고, 그 불균형을 약으로 조절한다. 언젠가 약을 그만 먹을 수 있다면 좋겠다. 물론이다. 상태가 좋아져서 과하게 나오는 무슨 물질도, 적게 나오는 무슨 물질도 내 안에서 균형을 찾아서 궁극적으로는 약이 없어도 되는 삶을 살고 싶다. 하지만 거기에 다다르려면, 그러니까 잘 자고 잘 움직이고 그러다 생긴 에너지로 내 삶의 긍정적인 부분을 잘 보려면 오늘은 이 약봉지를 뜯어야 한다는 것을 안다. 약을 삼키는 일은 나약한 일이 아니다. 의존하는 것이 아니다. 오히려 반대이며, 이것은 적극적인 치료다.

☑ 줄어든 능력 받아들이기

우울증에 걸린 다음 무엇이 가장 괴로웠는지 생각해보았다. 잠을 못 자는 것도, 언어 능력이 떨어지는 것도, 집이 쓰레기집이 되는 것도 그러했지만, 가장 괴로웠던 건 책을 읽을 수 없던 시간이었다. 좋아하는 작가의 책을 사 펼치고 글자를 읽어도 문장이 머릿속에 들어오지 않았다. 읽었으면 이해해야 하는데 그냥 문자가 눈에 비치기만 했다. 꾸역꾸역 세 줄 정도 읽으면 그만 해야겠다는 생각이 들었다.

누군가는 '책이 읽히지 않으면 다른 걸 하면서 살면 되지, 굳이 책을 읽어야 하나?' 하고 생각할 수도 있다. 하지만 난 글을 쓰는 일이 직업이라 책을 못 읽는다는 건 마치 다른 사람의 요리를 먹지 못하는 주방장이 된 기분이었다. 그의 요리 세계는 얼마나 편협해지겠는가. 심지어 그 주방장은 맛있는 음식이 너무 좋아서 요리를 직업으로 삼았는데 말이다. 나는 독서를 좋아한다. 잘 쓴 글을 읽으면 머릿속 어딘가가 트이는 것 같다. 뇌 속에 엉켜 있던 생각들이 누군가의 깔끔한 문장에 스르륵 하고 풀릴 때는 환기하지 않아 답답했던 방의 창문이 활짝 열리는 것 같다. 그런데 그걸 할 수 없다니. 남이 만들어둔 아름다운 것을 즐길 수 없다니. 절망적이었다. 좋은 자극을 얻고 좋은 작업을 하는 동료들이 부러웠다. 마음의 창이 활짝 열려 있는 사람들이 부러웠다.

우울증은 밀려오는 파도 같다. 어떤 파도는 너무 커서 날 삼켜버리고 어떤 파도는 발 근처에서 멈추기도 한다. 나에게 미치는 영향이 그때그때 다르다. 하지만 공통점이 있다면 모든 파도는 밀려오고 또 물러간다는 것이다. 나는 우울의 파도가 물러갔을 때 조금씩 꾸물꾸물 책 읽기를 시도해보았다. 책을 10분 정도 읽어보기. 전자책의 글자 크기를 엄청 키워서 페이지가 휙휙 넘어가게 하기. 정말 별것 아닌, 자잘한 시도를 했다. 그러다 언젠가부터 책을 다시 편하게 읽을 수 있게 되었다. 몇 년 정도 걸린 것 같다. 파도가 상당히 작아진 것이다. 그렇게 되고 나니 욕심이 났다. 컨디션이 좋았던 때처럼 작업하고 싶어졌다.

우울증이 오고 작업 시간이 급격하게 줄었다. 여덟 시간이 네 시간이 되었고, 네 시간이 두 시간이 되었고, 그러다 30분이 되었다. 나중에는 노트북 화면을 보는 것이 겁나 침대에 웅크린 채로 누워 스마트폰으로 초고를 썼다. 그건 정말 어깨와 목, 허리, 눈 등에 나쁜 자세다. 그 작은 스마트폰 자판으로 글을 몇 천 자, 몇 만 자를 쓰는 건 특히 손목에 정말 나빠서 결국 손목 터널 증후군으로 신경외과에 갔고 (중략) 무엇보다 화면이 작은 만큼 내 생각도 작아지는 것 같았다. 넓은 시야로 작업하고 싶은데 어쩌면 좋지. 여전히 누운 채로 절망했다.

일이 잘 안되는 것도 힘들었지만 가장 괴로웠던 건 나의 상태 그 자체였다. 일은 어떻게든 하면 된다. 마감도 어쩔 수 없으면 미루면 된다. 하지만 계속 이렇게 지내야만 한다면? 그것이 두려웠다. 나는 이제 이만큼밖에 일하지 못하나? 이렇게 핸드폰을 붙잡고 글을 써야 한다고? 내 용량은 이제 이만큼인가? 설마 더 나빠지려나? 그럼 난 앞으로 어떻게 살지? 큰 파도가 칠 때는 그런 생각에 완전히 잡아먹혔다. 하지만 위에 적었듯 큰 파도는 작은 파도가 되고 또 물러가기도 한다. 그런 시간에, 소중한 타이밍에 큰 전환의 기회가 온다.

만약 사랑하는 친구가 정신적 재활을 하고 있다면, 그래서 그가 하루에 30분밖에 일하지 못한다고 한다면, 누워서 글을 더듬더듬

쓰고 있다면 나는 그에게 뭐라고 말할 것인가? 재활과 업무를
동시에 하고 있는 친구에게 나는 그가 장하다고 말할 것이다.
어깨 찜질팩을 사줄 것이다. 따끈한 아이 마스크도 사줄 것이다.
왜 이만큼밖에 못하냐고 힐난하지 않을 것이고, 너는 계속 이렇게
살겠다는 말도 하지 않을 것이다. 그렇지 않기 때문이다.
그렇다면 타인에게 기꺼이 할 행동을 왜 스스로에게는 하지
않는가.

　그렇게 30분을 45분으로 늘렸다. 다시 줄어들어도 낙심하지
않았다. 전혀 일이 되지 않은 날에는 내일 엄청나게 잘되려고
그런가 보네 하고 선수의 부상을 돕는 자상한 코치처럼 날
다루었다. 힘든 일이 있던 날은 집중이 안 되는 게 당연해. 오늘
잘 쉬면 내일 두 배로 잘할 수도 있어. 그렇게 스스로를
다독였더니 조금씩 시간이 늘어갔다. 돌이켜보면 정말로 재활
훈련이었다. 이 과정에서 중요한 것은 30분짜리의 나를
미워하거나 포기하지 않는 것이다. 그렇게 지내다 보면 덜컥
두려워졌던 일도 어느새 아무렇지 않게 할 수 있게 된다. 공포가
사라지고 나면 기운이 돈다. 평범에 가까워지는 것이다.

　가끔 친구들과 줄어든 작업량에 대해 이야기한다. 노화 때문일
수도 있고 마음의 문제일 수도 있다. 우리는 과거의 가장 빛났던
나와 현재의 나를 비교하곤 한다. 거기엔 큰 의미가 없다.

기준점은 항상 현재의 나여야 한다. 그게 좋든 나쁘든 상관하지 말고 그냥 조금씩 더 낫게 만드는 길을 생각한다. 무리하지 않는 선에서, 실현 가능한 만큼. 그러기 위해서는 일단 현재의 상태를, 줄어든 능력을 받아들여야 한다.

이제는 작업 시간이 꽤 늘었다. 요즘은 오전과 오후, 이렇게 두 번으로 나눠 일하곤 한다. 마감이 급하면 밤에도 한다. 예전에는 겁이 덜컥 났다. 밤에 일했다가 새벽 내내 머리가 팽팽 돌아가서 못 자면 어쩌지. 소진되면 어쩌지. 그러다 어느 순간 또 못하게 되면 어쩌지. 솔직히 다시 나빠질 수도 있다고 생각한다. 하지만 그런 순간이 오더라도 예전만큼 날 싫어하거나 절망하지 않을 것이다. 아무리 큰 파도도 언젠가는 물러가니까. 잔잔해지는 때가 있다는 걸 아니까. 그 타이밍에 작은 시도부터 다시 해나가면 되니까.

약물 부작용에 대해 알아봅시다

☑ 약 먹으면 살찌니까 절대로 안 먹을 거야

정신과 약을 먹으면 살이 찐다는 얘기가 있다. 아니라고 말하고 싶지만, 애석하게도 나는 약을 먹기 전에 비해 체중이 20킬로 정도 늘기는 했다. 하지만! 부디 당신이 이 글을 끝까지 읽어주면 좋겠다.

옷장 안의 옷을 완전히 바꿨다. 두 번 정도. 10년 전에 스몰 사이즈를 미디엄으로 바꿨고, 5년 전에 미디엄 사이즈를 라지로 다 바꿨다. 요즘은 엑스라지 옷도 자주 산다. 언젠가 갑상선이 안 좋으면 살이 찐다는 말을 듣고 내과에 갔다. 의사는 체중이 많이 불긴 했다며 검사해보자고 했다. 결과는 정상이었다. 그러니까 나는 순수하게 음식의 힘만으로 서서히 착실하게 살을 붙인 것이다.

약물치료를 시작하고 일단 식욕이 생겼다. 난 긴 시간 입맛이 없는 인간으로 살았다. 10대 때는 밥알이 징그럽게 느껴지기까지 했다. 그 정도로 먹는 즐거움을 몰랐다가 약 덕분인지 점점 음식이 맛있게 느껴졌다. 친구들과 왁자지껄 먹는 즉석 떡볶이도, 혼자 후루룩 먹는 라면도 순수한 기쁨이었다. 현대인이 간단하게 얻을 수 있는 확실한 쾌락은 어쩌면 음식일지도 모르겠다. 내가 원하는 음식을 입에 넣을 수 있다니, 이건 거의 임금님이잖아! 점심시간만을 기다리는 직장인의 마음도 이해하게 되었다. 추측해보자면 우울증 약이 먹는 즐거움을 제대로 느낄 수 있도록 도와준 것이 아닐까. 여기까지 긍정적인 얘기.

그리고 이건 약의 부작용이 맞을 것이다. 밤에 복용하는 약을 먹고 한동안 식욕이 뻗쳐서 뭐든 입에 넣고 자던 시절이 있었다. 좋아하는 거든 아니든 지금 부엌에 있는 것이라면 아무거나. 심지어 아침에 침대 옆에 떨어진 봉투를 보고서야 내가 어제 뭘 먹었는지 생각났다. 이건 수면제인 스틸녹스Stilnox 탓인가. 항불안제인 아티반Ativan* 탓인가. 어쨌거나, 내가 좋아하지도 않는 팥빵을 간밤에 두 개나 먹었다고? 이건 좀 수상하다 싶어 다음 진료 때 물었다. "선생님, 제가 팥빵을 두 개나 먹었습니다. 왜죠?"

의사는 이렇게 대답했다. "오지은 씨가 밤에 먹는 약 중에 사람을 느슨하게 만드는 것이 있어요. 평소 무의식 중에 참고 있던 것을 풀어주는 기능을 하는데 여성의 경우엔 그게 음식일 때가 많아요." 아마도 아티반이 그 역할을 했을지도 모르겠다고 말하며 의사는 재미있는 질문을 했다. "단 것이 땡겼나요, 짠 것이 땡겼나요?" 이런 질문을 왜 하는 거지? 혹시 다음 논문에 쓰려는 거 아냐? 나는 의심을 품고 이렇게 대답했다.

"흥, 단짠단짠인데요."

생뚱맞게도 최근 산부인과에서 진료를 받다가 비슷한 말을 들었다. 자궁 쪽 문제로 미레나(피임장치) 시술을 받고 설명도 잘 듣고 일어나려는데 의사가 이렇게 말한 것이다. "그… 아시죠? 미레나 시술 받으면 살찐다는 얘기요. 이게 호르몬을 조정하는 시술이다 보니까 그런 일이 있을 수도 있어요…. 그런데! 지방 세포를 미레나가 만드는 게 아니에요! 지은 씨가 입에 넣은 음식대로 찌는 겁니다!" 기시감이 들었다. 그래! 밤약을 먹고 찐 살도 내가 입에 넣은 음식 때문에 찐 살이지! 걔가 지방을

---

* 로라제팜 성분이며, 벤조디아제핀 계열의 진정제, 신경안정제라고 흔히 불리기도 한다. 나의 경우 잘 때 불안이 높아 수면 상태로 이완이 되지 않아 처방받은 것으로 추측한다. 이 약 또한 스틸녹스처럼 기억상실의 부작용이 있을 수 있다.

만들어낸 건 아니야! 팥빵이든, 포카칩이든, 조청유과든 내가
그냥 잘 먹고 찐 거야!

　정신과 약을 먹고 살이 찐 일화는 친구들 사이에서도 흔하다.
가장 악명이 높은 약은 아빌리파이Abilify*일 것이다. (이 글을 읽고
아빌리파이를 먹는 사람들이 부디 깜짝 놀라지 않았으면 좋겠다.)
나는 상태가 좋지 않을 때 소량 처방받은 적이 있다. 그 약이
나에게 어떤 식으로 작용했는지 정확하게 알 순 없다. 결론을
말하자면 상태가 좋아져 더 이상 먹지 않게 되었고, 체중에 대해
말하자면 그때 또 몇 킬로가 늘었다. 하지만 아빌리파이가
지방세포를 만든 것은 아니다. 내가 더 먹었다. 순수한 충동과
약기운이 섞인 미묘한 지점의 내가 날 먹였다….

　약에는 부작용이 있다. 맞다. 마법처럼 증상만 덜어주면 좋을
텐데, 슬프게도 그렇지 않다. 약은 마법사의 마법이 아닌 그냥

---

*　아리피프라졸 성분의 약. 조현병이나 양극성 장애
등의 치료 외에도 우울증 치료의 부가요법으로도
사용된다. 의학계에서는 아빌리파이가 살이 찌는 약이
아니라고 단언하는 경우도 있다. 어떤 환자는 복용 후
체중 변화가 없을 수도 있다. 하지만 식사량이
그대로인데 살이 찌는 경우도 드물지만 있다. 케이스
바이 케이스, 사람 바이 사람인 것이다. 그러니
걱정되면 꼭 의사와 상의하자.

의약품이기 때문이다. 그래서 의사뿐 아니라 환자도 약에 대한 지식을 어느 정도 가지면, 내가 어떤 약을 먹고 이렇게 되었는지 파악할 수 있으면 좋다. 약은 우울을 덜어주지만, 동시에 그 때문에 생긴 부작용이 새로운 우울을 불러올 수도 있다. 체중 증가가 그렇다.

체중이 늘어난다는 건 어떤 사람에겐 별것 아닌 일일 수도 있고 누군가에겐 상당히 별것일 수 있다. 그래서 환자는 약간의 적극성을 가지고 의사에게 부작용에 대해 질문하거나 다른 약으로 바꾸자고 제안할 수도 있다. "제가 체중이 너무 불었는데 혹시 복용하는 약의 영향을 받은 걸까요?" "혹시 다른 종류의 약을 쓸 수도 있나요?" 이렇게 말이다.

조울증(양극성 장애와 같은 뜻이다)이나 우울증이 있는 사람이 이 글을 읽고 갑자기 아빌리파이를 먹지 않게 된다면 난 정말 슬플 것이다. 두 손을 잡고 이렇게 말하고 싶다. 일단 약은 먹고, 밤에 충동이 오면 좀 다르게 생각해보면 어떨까? 이 식욕은 아빌리파이, 또는 아티반, 또는 다른 무슨 약이 옆구리를 찔러서 생긴 거니까. 진짜로 우리가 배가 고픈 것이 아니니까. 지금 먹으면 끝내줄 것 같은 그 맛있는 거 말야…. 사실 내일 먹어도 같은 맛이니까. 먹는다고 세상이 달라지는 거 아니니까. 지금은 그럴 것같이 느껴져도 말이야. 그리고 사실 먹었는데 생각보다

그냥 그래서 후회한 적도 많잖아! (당사자성 발언)

　　이런 충동이 약으로 인해 생긴다는 걸 인식하면 이 배고픔도 순수한 식욕이라 느껴지지 않으면서 조금 다르게 생각할 수 있다. 하지만 내가 이미 충동의 노예가 되어버렸다면 주변의 도움을 받으면 좋다. 가족이나 같이 지내는 사람, 또는 친구, 비슷한 처지의 카카오톡 채팅방, 트위터(현 엑스×) 친구들 등. 그들이 나를 말려줬을 때 효과적이었다. "너 그렇게 갑자기 배달 시켜서 맛있게 먹은 적 은근 별로 없어." 아, 맞네.

　　결국 복합적인 선택이 필요하다. 약간의 정보와 약간의 의지와 약간의 약과 약간의 유연성으로. 어떤 선택을 하든 부작용 때문에 모든 약을 부정하는 방향으로 가서는 안 된다고 생각한다. 살이 찔지도 모른다는 이유로 중요도의 선후를 바꾸면 안 된다.

　　왜냐하면 나는 즐겁고 싶고, 잠을 자고 싶고, 웃길 때 웃고 싶고, 음식을 맛있게 먹고 싶기 때문이다. 삶을 더 진하게 느끼고 싶기 때문이다. 마른 사람들은 재미없게 산다는 뜻이 아니다. 저체중으로 살던 당시의 내가 그랬다는 얘기다. 그래서 나는 기꺼이 옷장을 두 번 비우고 새로 채웠다. 지금의 건강한 내가 마음에 든다. 놀랍게도 20대의 나보다 40대인 현재의 내가 더 건강하다. 몸과 마음에 기운이 있기 때문이다. 약을 먹은 덕에 잘 수 있었고, (비록 팥빵도 먹었지만) 잠든 덕에 다음 날을 더 잘 살게 되었다. 그렇게 도움을 받아 생긴 기력이다. 10년 전에 비해 20킬로가 늘었지만 10년 전의 나에게 약을 먹을지 말지 묻는다면 난 100퍼센트 확신을 가지고 먹는다고 말할 것이다.

　요즘은 습관을 교정하고 있다. 뭔지 모를 피해의식에 와구와구 먹었던 시간은 이제 보내주고 싶다. 얼마 전 산부인과에서 자궁 검진을 받다가 갑자기 의사 선생님께 혼이 났다. "미레나 하신 다음에 관리해야 한다고 했죠! 수치, 이거 뭐죠?" 모니터에는 얼마 전 같은 병원에서 받은 피검사 수치가 떠 있었다. 빨간색 숫자가 보였다. 아, 내 수치가 위험하구나? 약을 먹고 안 먹고를 떠나 그냥 평범한 중년처럼 콜레스테롤과 당 수치를 관리해야 하는 것이었다. 그래. 내가 엽떡*을 자주 먹긴 했지. 나는 지금 엽떡이 땡기니까 어쩔 수 없다는 어리광은 그만. 서리태 두유를 새로운 베프**로 삼으면 어떨까? 나도 그래볼게….

---

* '동대문엽기떡볶이'의 줄임말. 기본 사이즈가 3-4인분인 데다, 영양학적으로도 좋지 않지만 밤 11시가 넘으면 '난 지금 엽떡이 필요하다'는 계시 같은 것이 내려 자주 시켜먹곤 했다. 모든 배달 앱의 부동의 슈퍼스타.

** 베스트프렌드의 줄임말. 그나저나 내가 원하는 존재를 친구로 얻었기에 베프가 되는 것일까, 아니면 베프가 되었기에 원하게 되는 것일까….

☑ 마약성 어쩌구와
졸피뎀의 세계

2016년 7월, SBS의 인기 프로그램 〈그것이 알고 싶다〉에서
'악마의 속삭임 — 연쇄 사망 사건의 범인은 누구인가' 편이
방영되었다. 프로그램 공식 홈페이지에 올라간 회차 설명란의
마지막 문장은 이렇다. "이번 주 〈그것이 알고 싶다〉에서는 자해,
자살 그리고 사람을 살해하게 만들지도 모르는 '악마의 약'
수면제(졸피뎀)의 위험성에 대해 파헤친다!" 그러니까 사망
사건의 범인은 바로 '악마의 약' 졸피뎀이고, 그 약은 내가 10년
정도 매일 밤마다 먹은 약이다.

　언젠가부터 부쩍 이런 질문을 많이 듣기 시작했다.

"너 먹는 수면제, 그거 괜찮아?"

"졸피뎀이라는 게 정말 무섭다는데 그걸 매일 먹는 거야?"

"그거 진짜 큰일 난다는데… 끊어보면 어떨까?"

내 수면제의 이름은 스틸녹스고, 이 약의 성분은 졸피뎀이다.
매일 먹는 이유는 간단하다. 그것이 없으면 잘 수 없기 때문이다.
안타깝게도 내 불면증은 중증이다. 불면증이라도 많은 경우 여러
가지 비약물적 요법으로 수면 리듬을 되찾을 수 있다. 자기 전에
가벼운 명상이나 숨쉬기로 잠기운을 불러온다든가, 뇌를
활발하게 만드는 활동, 그러니까 지나치게 재미있는 게임이나
웹툰은 잠들기 직전엔 자제한다든가 하는 시도로 좋은 효과를
보는 경우가 많다. 하지만 나는 일단 현재, 그리고 긴 시간 동안
다양한 시도를 했음에도 잠들지 못했기 때문에 거의 매일
스틸녹스를 먹어왔다.

"나도 잠 안 오는 때가 있는데 그럴 땐 밤을 그냥 새면 다음
날부턴 잘 수 있어." 누군가 이렇게 말한 적이 있다. 나도
시도해보았다. 놀랍게도 다음 날 밤이 되어도 잠이 오지 않았다.
서른 시간 넘게 깨어 있으면 사람이 좀비처럼 된다. 뇌가
뿌예지는 느낌이다. 그다음 날 새벽이었던가, 잠 비슷한 걸 잠깐
잤지만 제대로 된 잠은 아니었다. 그러다 보면 컨디션은 엉망이
되고 길게는 생활 자체가 엉망이 된다. 약속을 망치고, 기억이

흐릿해지고, 성격이 날카로워진다. 집중 같은 건 꿈꿀 수 없다.
이쯤 되면 무엇의 부작용이 더 큰가 싶다.

잠이 안 와서 뒤척이는 수준이 아닌, 병으로서의 불면증은
잠드는 스위치가 고장난 것에 가깝다. 나라는 기계가 꺼지지 않는
것이다. 그래서 컴퓨터를 '강제 종료' 하는 것처럼 픽 하고 꺼줘야
한다. 그 역할을 수면제가 한다. 강제 종료가 좋지 않다는 것을
안다. 가능하다면 자연스럽게 잠에 들고 또 깨고 싶다. 언젠가는
그렇게 되길 꿈꾼다. 하지만 당장 오늘 나는 자야 한다.

그걸 알지 못하던 시절의 나는 다음 날 오전에야 잠들어 오후
합주에 어마어마하게 늦는 사고를 치거나, 친구와의 약속을 펑크
내거나, 그래서 의절을 당하거나, 성대가 쉬지 못해(성대도
근육이라 잠잘 때 쉬고 회복한다) 목이 쉬어버려 라이브를
망치는 등 나쁜 일을 많이 겪었다. 나는 골라야 했다. 졸피뎀 먹고
잘래, 아님 못 자고 좀비로 살래? 나는 내 인생에 수면제가
필요하다는 사실을 받아들였다.

그 수면제, 그러니까 졸피뎀이라는 것이 어떤 것인지 자세하게
알아보자. 졸피뎀은 향정신성의약품이다. 정신에 큰 영향을 미칠
수 있기 때문에 의약품이지만 마약류로 분류되고 '마약류 관리에
관한 법률'에 따라 다룬다. 마약류라고 해서 정말 마약이라는

뜻이 아니고, 정신에 영향을 미칠 정도로 강한 의약품이라고 보면 되겠다.

처방은 상당히 까다롭다. 오남용을 방지하기 위해 한 번에 탈 수 있는 개수가 엄격하게 제한되어 있다. 부작용도 발생할 수 있고 잘못 의존하면 위험할 수 있다. 그래서 환자도 잠이 안 온다고 계속 먹을 것이 아니라 투여량에 신경을 써야 한다. 효과가 큰 만큼 다루기 까다로운 약이다. 그래서 〈그것이 알고 싶다〉에서 취재할 정도로 악명을 떨쳤을 것이다. 하지만 나쁜 것은 그 약을 악용한 범죄이지, 약이 아니다.

이 난감한 약 졸피뎀을 다루는 나의 자세는 이렇다. 수면제가 있어야만 잘 수 있는 날이 많다는 사실을 인정한다. 하지만 나의 모든 밤이 평생 이렇진 않을 것이다. 복용량은 줄고 있고 나는 은근히, 하지만 집요하게 다른 길을 시도하고 있다. 졸피뎀을 장기 복용함으로써 무언가를 잃었을 수도 있지만 확실하게는 많은 잠을 얻었다. 자학하는 일이 줄었고, 내 생활을 컨트롤할 수 있게 되었다. 적어도 몇 시에 자고 몇 시에 깰지 정도는 말이다. 졸피뎀은 안전하지 못한 구석이 있는 약이다. 남용하면 위험하다. 하지만 절대 먹으면 안 되는 약도 아니고 엄청난 의존성을 강제하는 약도 아니다. 먹자마자 중독되는 약도 아니다. 졸피뎀 외에 다른 까다로운 약 또한 그럴 것이다.

다행히 최근 복용하는 졸피뎀 양이 많이 줄었다. 여기까지 오는데도 시간이 꽤 걸렸다. 상태가 나쁜 시기엔 잠들기 위해 몇 알을 먹기도 했지만 이제는 그런 날이 거의 없다. 두 알에서 한 알, 한 알에서 반 알, 반 알에서 사분의 일 알! 얼마 전엔 수면제 없이 안정제만으로 잠들기도 했다. 얼마나 기쁘던지! 노력해서 이룬 것은 아니고 그냥 어느새 좋아졌다. 우울증 세계의 지침은 '버티기'과 '기다리기'인 것 같다. 그리고 어느새 다시 나빠져도 '절망하지 않기'. 덤덤하게 '그냥 그런 것이군' 하고 파도가 잠잠해지길 기다리기.

지금 함께하는 선생님은 수면제를 적극 줄이고 싶어 하는 입장이고 나는 조금 버티고 있다. 그러다 선생님의 제안으로 수면을 돕는 역할을 하는 다른 약을 추가해보았는데, 머리가 띵했다. 약이 나와는 잘 맞지 않은 듯했다. 다음 진료 때 선생님께 말했더니 쿨하게 "그럼 바꾸면 되죠. 뭐가 어려워?" 하고 비슷한 작용을 하는 다른 약을 처방해주셨다. 그건 좀 괜찮은 것 같아 계속 먹고 있다. 그 덕에 사분의 일 알만 먹어도 잘 수 있는지도 모르겠다.

의사는 수면제를 처방하기 전에 잠시 망설인다. "안 먹었으면 좋겠는데…." 맞아요, 선생님. 저도 안 먹어도 되면 좋겠어요. 그렇게 생각하며 멋쩍게 웃는다. 나의 오늘 밤은 어떨까.

수면제 없이 다른 약만 먹고 조금 기다려봤다가 스르륵 잠들면 다음 날 엄청 기쁘겠지. 잠이 오지 않으면 수면제를 사분의 일 크기로 잘게 쪼개 물과 함께 꿀꺽 삼킬 것이다. 그래도 잠이 오지 않으면 아까 쪼갠 조각을 하나 더 먹을 것이다. 어쩌면 더 먹어야 할 수도 있다. 하지만 이렇게 적는 마음이 왠지 편하다. 이 글을 써낸 덕분일까. 이렇게 지내다 보면 어쩌면 좋은 날이 올 수도 있다는 걸 알아서일까. 언젠가는 졸피뎀 없이 푹 자는 날이 나에게 그리고 당신에게 오기를.

약물치료, 내 삶의
가성비 좋은 보호막입니다

정신건강의학과에 처음 내원하면, 기본적인 심리검사 및 면담을 하게 됩니다. 첫 진료에서는 주요 증상을 파악하고, 심각도(필요 시 상급병원 의뢰)를 판단하며, 치료 계획을 설정합니다. 치료 계획은 초진 이후의 경과 관찰을 통해 더 구체적으로 정해지기도 합니다.

치료는 크게 생물학적 치료와 비생물학적 치료로 나뉩니다. 생물학적 치료로는 약물치료, rTMS*, tDCS**, 바이오피드백*** 등이 있고, 비생물학적 치료에는 상담치료 등이 있습니다. 그중 약물치료는 압도적으로 높은 빈도로 활용되는 생물학적

치료법입니다. 효과도 무척 좋고, 기전과 부작용 등이 상세히
연구되어 있어 투명하며, 비용도 다른 치료법보다 저렴한 편입니다.
한마디로 가성비 최고의 치료법입니다.

물론 약물치료는 일상의 고통을 줄이고 불편함을 해결할 뿐, 자기
이해와 성장을 대신해주지는 못합니다. 즉 고통의 최종 결과값을
조절하는 데 초점을 맞춥니다. 나를 우울하게 만드는 요인이
무엇이든, 그 우울감 자체를 항우울제를 통해 줄여주는 것이지요.
증상을 간접적으로 조절할 때도 있기는 합니다. 불면의 경우, 그것이
우울증의 증상일 때도 있으므로 당장 너무 고통스럽지 않으면
직접적으로 수면을 돕는 수면제 대신 항우울제만 사용하면서 호전을
기대하기도 합니다.

환자가 약물치료보다는 더 근본적인 치료를 해야 하는 게 아닌지를

** transcranial Direct Current
Strimulation의 약자로, 경두개 직류 자극술.
약한 직류전류를 이용해 뇌 신경세포의
흥분성을 조절하는 비침습적 뇌 자극 기술을
뜻한다.

* repetitive Transcranial Magnetic   *** Biofeedback. 신체의 생리적
Stimulation의 약자로, 반복적 경두개 자기   신호(심박수 등)를 실시간으로 측정하고
자극술. 자기장을 이용해 뇌 신경세포를   피드백하여 자율적으로 조절할 수 있도록
자극하는 비침습적 뇌 자극 기술을 뜻한다.   트레이닝하는 방법을 가리킨다.

염려할 때 저는 이렇게 설명합니다. 약물치료는 현재의 고통 자체를 줄여줄 뿐만 아니라, 그렇게 함으로써 당신이 자신을 잘 들여다보고 또한 스스로에 대해 좋은 판단을 할 수 있는 상태를 만들어준다고요. 우리는 일단 어느 정도 괜찮은 상태가 되어야 자기 자신에 대한 의미 있는 이해를 할 수 있습니다. 몸의 상처든 마음의 상처든, 고통이 너무 클 때는 자신에 대한 파악도 잘 안 됩니다.

특히 우울증의 경우 스스로를 실패자, 또는 한심한 사람이라고 여기고 자책하는 패턴 자체가 증상이므로, 고통이 너무 심한 상태에서는 자신에 대한 진실에 도달하기가 어렵습니다. 더 나아가, 자신을 제일 부정적으로 평가한 결과가 진실일 것이라고 굳게 믿을 확률이 높습니다. 그렇기에 일단은 심리적 피부를 너무 따가운 상태로 두지 않도록 보호막을 입어야 합니다. 이미 생긴 상처로 인해 계속해서 연쇄적인 상처가 유발되기 전에 말이지요.

약을 얼마 동안 먹어야 하는지 궁금하실 것 같아요. 다양한 약들이 있어서 완전히 일반화하기는 어렵지만, 이 책은 '우울증 가이드북'이니만큼 우울증의 핵심적인 치료제, 즉 항우울제를 중심으로 설명 드릴게요. 교과서적으로는 '증상이 좋아져도' 초발(인생 최초의 우울증 경험)인 경우 최소 6개월에서 1년 이상, 재발인 경우 1~2년 이상, 혹은 그보다 더 오랫동안 복용하기를 권장합니다. 꽤 길다고 느낄지도 모르겠습니다. 물론 각자의 증상이나 상황에 따라 기간에는 매우 큰 차이가 있을 수 있지만요.

왜 증상이 좋아져도 계속 복용해야 하는 걸까요? 약물치료를 오래 유지하면 유지할수록, 약물치료 종결 이후의 재발 확률, 재발 빈도, 재발 시의 심각도를 낮춰주기 때문입니다. 그러면 왜 오래 유지할수록 그것이 낮아지는 것일까요? 여러 이유가 있지만 대표적인 것으로는 항우울제가 가진 신경가소성neuroplasticity 촉진효과가 있습니다. 신경가소성은 뇌가 적응하고 변화하는 능력이며, 학습 및 기억, 감정 조절, 뇌 손상의 회복 등에서 중요한 역할을 합니다. 항우울제는 세로토닌, 노르에피네프린 등의 신경전달 촉진 및 뇌유래신경영양인자BDNF*의 발현 증가를 통해, 뇌에서 새로운 신경회로를 만들고 기존 회로를 강화시키는, 즉 신경가소성을 촉진하는 역할을 합니다. 그리고 이러한 효과가 충분히 일어나기 위해서는 상당한 기간이 필요합니다. 그렇기에 증상이 호전된 후에도 안정적인 효과 유지를 위해 권장 기간 동안 약물치료를 받으시면

* Brain-Derived Neurotrophic
Factor의 약자

좋겠습니다.

이러한 효과가 약물치료를 종결하고 나서 얼마나 지속되는지는 개인마다 너무나 큰 차이가 있기 때문에 기간을 콕 집어서 말씀드리기는 어렵습니다. 어떤 분에게는 그 효과가 얼마 가지 못하기도 하고, 또 어떤 분에게는 장기적인 효과가 이어지기도 합니다. 물론 분명 약을 복용할 당시만큼의 효과는 아닙니다.

저는 그래서 항우울제에 대해, 복용 중일때만 효과가 있는 콧물약과, 한 번 맞으면 평생 효과가 지속되는 백신(예를 들면 홍역 백신) 사이에 위치해 있는 약이라고 설명합니다. '(홍역 백신처럼) 평생 우울증 걱정 없는 삶을 보장하지는 못하지만, (콧물약처럼) 효과가 정말 딱 그때뿐이기만 한 건 아니다'라는 뜻이죠. 문장의 순서만 바꿔서, '효과가 정말 딱 그때뿐이기만 한 건 아니지만, 평생 우울증 걱정 없는 삶을 보장하지는 못한다'라고도 표현할 수 있겠지요. 앞의 문장은 약물치료 종결 이후의 삶에 대한 두려움을 느끼실 때 사용합니다. 뒤의 문장은 약을 오래 먹었으니 이제는 약 없이도 잘 지낼 수 있어야 한다는 압박감을 느끼실 때 사용합니다.

그렇다면 약물치료 당사자가 주변에서 하도 들어 스트레스 받는 말 중의 하나인 "정신과 약은 평생 먹어야 한다는데?"에 대한 답은

어떻게 드릴 수 있을까요? 저는 보통 이렇게 말합니다. 평생

'먹어야' 하는 약은 아니지만, 평생 '먹어도' 되는 약이기는 하다고요.

뉘앙스의 차이가 느껴지시나요? 정신과의 많은 약들은 대부분 장기

복용을 염두에 두고 만들어졌기 때문에 약의 장기적인 위험에 대해

너무 염려하지는 않으셨으면 합니다.* 그렇다고 아무런 고민 없이

많이 먹어도 된다는 뜻은 결코 아닙니다. 어떤 약이든 필요한 만큼만

복용했을 때 가장 부작용도 적고, 또 효과도 오래오래 누릴 수

있어요.

앞서 언급했듯 약물치료 종결 후 장기 보호 효과가 누군가에게는

그리 크지 않은 나머지, 약을 중단하면 바로 힘들어지는 분들도

많습니다. 그럴 때 "아, 나는 무조건 평생 먹어야 하나 봐"라고

생각하실 필요까지는 없지만, "내가 이 약을 필요로 하는 동안은

계속해서 먹을 수 있고 먹어도 돼"라고 생각하실 수는 있다는

것이지요. '반드시 약을 끊어야 해!'라는 마음이 너무 강할수록, 약을

* 물론 졸피뎀이나 벤조디아제핀 계열의
안정제에는 의존성이 존재하나, 주치의와 약속된
용량 내에서 필요한 만큼만 복용하는 것이니,
너무 걱정할 필요는 없습니다. 또한 개선 시
신중히 줄여나가는 경우에는 반드시 아주 짧은
기간만 복용해야 하는 것은 아닙니다.

일종의 굴레로 여길수록 오히려 약으로부터 자유롭기 어렵습니다.

어차피 약은 결코 나의 주인이 될 수 없습니다. 나는 그저 나의 필요에 의해 원만한 삶을 위한 도구로써 약을 '써먹는' 것입니다. 우리의 목표는 '약을 끊는 것'이 아닌 '내 삶을 잘 살아내는 것'입니다. 그 과정에서 약과 자연스럽게 이별하게 될 수도 있고, 한동안 더 데리고 있을 수도 있습니다. 어느 쪽이든 내가 잘 지내는 게 제일 우선순위에 있다는 사실을 꼭 기억해주세요.

두 가지만 더 말씀드리고 싶어요. 항우울제를 시작할 때 제가 꼭 드리는 당부가 있는데요. 약 복용 시작 후 효과가 바로 느껴지지 않아도 절대 중단하지 마시고, '속는 셈' 치고, 그냥 영양제 먹는다고 생각하고 일단 최소 2~6주는 꾸준히 유지해달라는 점입니다. 신경가소성 촉진 효과가 나타나기까지 그만큼의 기간이 필요하기 때문입니다. 혹시 며칠 드시다가 큰 차이를 느끼지 못해 중단하신 적이 있다면, 다음 번에는 한두 달 정도만 꾸준히 유지해보셨으면 합니다.

마지막으로는 부작용에 대한 것입니다. 모든 약은 부작용이 있습니다. 부작용이 없다면 단언컨대 그것은 약이라고 할 수 없습니다. 그러나 적어도 현재 정신과에서 처방하는 약은, 정신과 약에 대한 기존의 이미지가 무엇이었든 그것보다는 반드시 훨씬 더 안전한 약이라는 것만큼은 분명히 말씀드릴 수 있습니다. 앞서 말씀드렸듯 장기복용에 적합하게 나온 약이 대부분이기도 하고, 지난 수십 년간 눈부신 발전이 이루어졌기 때문이기도 합니다.

물론 부작용을 전혀 신경 쓰지 않고 마음껏 복용해도 된다는 뜻은 아닙니다만, 대부분의 부작용은 우려보다 적으며, 가역적이고, 약을 교체하거나 줄임으로써 조절 가능하므로, 약물치료가 필요함에도 불구하고 부작용에 대한 염려로 인해 시작 자체를 못하지는 않았으면 합니다.

주치의에 따라 부작용에 대해 상세한 안내를 받거나 그렇지 못한 경우도 있을 겁니다. 부작용을 어디까지 미리 알려드려야 할지는 늘 고민되는 문제입니다. 미리 알고 있을 때 대비하고 당황하지 않을 수 있기도 하지만, 지나치게 상세히 알리는 경우에는 불필요한 불안으로 인해 치료적 효과가 방해되기도 하기 때문입니다. 마음을 다루는 약이기에 더욱 그렇습니다. 그렇기에 만약 주치의에게서 부작용 등에 대한 충분한 설명을 듣지 못한 것 같다면 거기에는 어쩌면 여러 이유가 있을 수 있으므로, 꼭 묻고 함께 의논하시기를 바랍니다.

step. 3

다양한 방식으로 치료받읍시다

상담을 통해 나에 대해 알아갑시다

☑ 상담치료를 시작하다

예전에 한 의사에게 이런 말을 들은 적이 있다.

"지금 지은 씨한테 상담은 급하지 않아 보여요."

왜 그렇게 말했는지 알 것 같았다. 내가 왜 힘든지 대충 짐작이
갔기 때문이다. 이유를 아니까 굳이 상담으로 파헤칠 필요가
없다고 생각했다. 작업을 계속하니까 그렇겠지. 유년기가 어쩌구
하니까 그렇겠지. 불특정 다수에게 노출되는 일을 하니까
그렇겠지. 대중의 평가를 받는 일을 하니까 그렇겠지. 그러다
종종 스스로를 싫어하니까 그렇겠지. 그래서 일단 몸속에서 덜
만들어지고 있는 물질을 화학적으로 보충하는 쪽에 포커스를

맞추고 살았다. 정신건강의학과에 가서 의사를 만나고 약을 먹는
길을 택했다는 얘기다.

　솔직하게 말하면 상담을 어렵게 생각했다. 많이들 그럴 것이라
생각한다. 낯선 사람에게 대체 무슨 얘기를 어디부터 어디까지
하면 좋을지 모르겠다는 걱정과 내 이야기가 너무 두서없이
느껴질까 봐 두려운 마음과 그러다 이해받지 못하면 너무 괴로울
것 같은 공포 등. 그뿐만이 아니다. 상담은 최소 10회는 받아야
한다고 하던데 그럼 너무 비싸지 않을까, 하는 현실적 부담감도
있었다. 게다가 가끔 만나서 증상에 대해 얘기하는 의사와는
다르게 한 시간씩 내 얘기를 들어주는 상담사가 나와의 관계에서
너무 큰 힘을 갖게 될 것만 같았다. 그런 이야기를 가끔 들은 적이
있다. 결국 상담사에게 너무 의지하게 되었다거나, 그걸 넘어
의존하게 되었다거나…. 부정적인 얘기는 이상하게도 좋은
얘기보다 귀에 오래 남는다. 남에게 하기 어려운 이야기를 들어준
상대는 각별해질 수 있다. 그런 존재가 생길까 봐 두려웠다(미리
말하자면 기우였다). 그럼 대충 우울한 이유도 알고 있겠다,
병원에 가는 것만으로 충분하지 않을까, 생각했다.

　그러다 재작년에 갑자기 '왠지 지금인가?' 하는 생각이 들었다.
사건도 논리도 없이. 그건 무의식일 수도 있고 직감일 수도 있고
조상님이 보낸 사인일 수도 있다. 굳이 따져보면 이유는 있겠지만

사실 중요하지 않았다. 상담치료를 받아야겠다는 마음이 들었고
또 실행에 옮겼다는 것이 중요하다.

   그렇게 처음으로 상담을 받게 되었다. 할 말이 별로 없을 줄
알았는데 내 얘기를 받아 적는 선생님의 손목이 걱정될 정도로
말을 많이 했다. 2회차에도, 3회차에도, 4회차까지! 나는 말을
하다가 가끔 멈췄다. 선생님의 타이핑이 따라오기 힘들 정도로
너무 많이 말했기 때문이다. 의외로 민망하거나 후회되지
않았다. 자학도 하지 않았다. 말을 많이 하고 나면 스스로가
싫어질 때가 많았는데, 신기했다.

   선생님은 5회차부터 점들을 하나씩 잇기 시작했다. 유년기,
부모와의 관계, 현재의 우울증, 생활 패턴, 인간관계, 작업,
세상을 보는 시각 등은 내 안에서 각각 독립적으로 존재하던
일이었다. 그건 그것, 이건 이것. 그런데 선생님이 그 사이에 작은
다리를 놓을 수 있게 도와주었다. 삶이 이어져 있듯, 그 점들도
이어져 있었다.

   나에게 어떤 일이 일어났는지, 그것은 내 인생에 어떻게
작용했는지, 내 안에서 어떤 패턴을 만들었는지, 방어하기 위해
어떤 모양의 벽을 만들었는지, 어떤 피로와 슬픔이 엉켰는지,
그래서 난 무엇을 포기했는지, 무엇을 한계라고 생각했는지,

그래서 대체 이제 어떻게 하면 좋을지를 우리는 이야기했다. 그것은 결국 나라는 사람이 세상을 대하는 방식, 그리고 나 자신을 대하는 방식에 대한 이야기였다.

마흔이 넘으면 스스로를 꽤 안다고 생각한다. 내 장점은 이러하고 단점은 저러하다. 하지만 좋다고 생각한 점에 오히려 위험한 부분이 있었고, 나쁘다고 믿고 있던 점에 되려 좋은 부분이 있었다. 모르고 있던 부분도 있었다. 그것은 새로운 '인지'였다. 이 타이밍에 나를 들여다보는 건 상당히 괜찮은, 또는 아주 좋은 일이었다.

선생님은 학교에서 심리학을 전공한 임상심리학자였다. 그는 종종 "심리학의 관점에서"라는 말로 이야기를 시작했는데, 그게 좋았다. "당신의 행동이나 생각의 패턴을 심리학이라는 학문적으로 해석하자면 이런 견해가 있는데 그게 절대적이라는 뜻은 아닙니다." 이 말은 나에게 이렇게 들렸다. 굳건하면서 다정한 말 같았다. 또한 안도감을 줬다. 이 패턴이 뻔하다면 해법도 있다는 뜻일 테니까.

상담에 대해 검색하면 '인지치료cognitive therapy*'라는 말이 자주 나온다. 나는 예전엔 그 말을 잘 이해하지 못했다. '인지하는 것만으로 무슨 치료가 일어나지? 상처는 상처잖아. 상처를 보는

걸로 대체 뭐가 낫는다는 거야?' 예전에 상담을 받다가 좋지 않은
경험을 했던 친구도 비슷한 말을 했다. "언니, 그런다고 뭐가
바뀌어요?"

　어떻게 바뀌냐 하면, 이렇게 바뀐다. 마음이 '파삭' 하고 깨질
때 나는 스스로를 비난했다. 이런 얄팍한 유리 같은 마음으로
징징거리기나 하고 정말 번거로운 인간이다. 싫은 인간이다.
혹시 취해 있는 거 아냐? 또 확대해석 하고 있네. 한심해. 그
비난은 일견 깨진 유리창으로부터 나를 분리하는 듯 보여도
사실은 깨진 유리 근처에 더 가까이 가는 행위였다. 일을 더 크게
만드는 것이다. 그러다 손을 베이기도 했고 그 상처가 감염되어
다른 불행이 되기도 했다. 아, 봐봐. 역시 이렇게 되잖아. 그런
나에게 심리학은 이렇게 말했다.

*　우리의 감정과 행동에 영향을 미치는
비합리적인 사고를 합리적인 사고로 수정하는 치료.
예로 '나는 지각했으니 인간 쓰레기야' 이런 생각이
드는 것은 이분법적 사고all-or nothing thinking,
즉 모든 일을 완벽 또는 실패로 나누어 해석하는
비합리적 사고이자, 과잉일반화overgeneralization,
즉 한 번의 경험을 전체적인 패턴으로 확대해석하는
비합리적 사고다. 인지치료는 이러한 부분을 알고
바꾸어 나간다.

"'아, 깨졌구나~' 하고 빗자루를 가져와서 슥슥 쓸어버리는 방법이 있는데요."

깨졌다고 좌절하는 법만 알았지 빗자루를 가져올 생각은 못했는데. 정말 단순한 말이지만 나에겐 정말 큰 변화였다. 깨졌다는 걸 직시하되 그 사실에 절망하거나 호들갑 떨지 않고 '음, 또 깨졌군' 하고 덤덤하게 치워버리는 것. 나한테 이런 패턴이 있다는 사실에 무너지지 않고, '음, 또 이 패턴이군' 하고 덤덤하게 다른 영역으로 가는 것. '내가 또 호흡이 안 되는군. 그럼 한동안 날 쉬게 하면서 천천히 숨을 쉬어볼까?' 이런 식의 사소한 생각의 전환이 큰 변화로 이어진다. 어떤 일은 무겁게 생각하면 무거워지고 가볍게 생각하면 가벼워지기도 하기 때문이다.

상담을 받으며 들었던 말 중 가장 크게 영향을 미친 말은 이것이다.

"첫 번째로 드는 마음은 어쩔 수 없어요. 그건 이제까지 살아온 방식이 쌓인 그 사람의 특징 같은 것입니다. 그러니까 그건 떠오르게 둔 다음 옆으로 치워버리면 됩니다."

나는 '첫 번째로 드는 마음'을 정말 싫어했다. 혐오하기도 했다.

내 한심함의 가장 확실한 증거 같았다. 하지만 그건 어쩔 수 없다는 말을 듣고, 거창하게 말하자면 작은 구원을 받은 느낌마저 들었다. 세상과 그리고 나와 잘 지내기 위해 그 마음을 인정하고 옆으로 슥 치워버리면 되는 것이다. '다 망한 것 같아!' 이런 마음이 먼저 손을 들고 일어나면 '아, 너 또 나타났구나. 그래, 그래. 하지만 다 망하진 않아' 하고 다시 자리에 앉힌다. 매번 통하진 않지만 여하튼 탈출구가 생겼다. 그리고 이 방법은 그런 나를 조금 덜 싫어하도록 도와준다.

파주에서의 상담을 잘 마친 후, 전주로 이사를 온 지금은 새로운 곳에서 상담을 이어가고 있다. 첫 선생님과의 상담에서 했던 심리검사의 간단한 결과지를 두 번째 선생님께 드렸다. 빨리 본론으로(?) 들어갈 수 있을까 싶어서 그랬는데 도움이 된 것 같았다. 시작 전에 왠지 비관적인 마음이 들어 이번 선생님과는 별로 할 얘기가 없지 않을까 싶었는데 네 번째 상담에서 그만 펑펑 울어버렸다. 나도 그런 내 모습에 놀랐다. 선생님이 별 새로운 얘기를 하지도 않았는데, 나 또한 지금까지 수백 번도 더 한, 흔한 얘기를 했다고 생각했는데 티슈를 몇 장이나 써야 했다. '이미 들어가본 지하실이라고 생각했는데, 그냥 다들 갖고 있는 그런 지하실일 텐데… 이상하다. 실은 이런 모습이었던가.'

나는 나 자신을 직시하고 싶다고 말해왔지만, 직시하고 있다고 생각했지만 사실은 힐끗 보고 다 안다고 착각했는지도 모른다. 적당한 선에서 뭉개고 있었는지도 모르겠다. 지금 선생님과는 찬찬히 그 지하실을 다시 보는 느낌이다. 선생님이 먼저 보고 어떤 모습인지 알려주는 식이 아니다. 상담치료의 멋진 부분은 이것이라고 생각한다. 상담은 마음의 모양을 내 눈으로 직접 보고 제대로 느끼는 시간이다. 아주 안전한 방법으로 든든한 전문가와 함께.

첫 번째 상담은 감사하게도 한국예술인복지재단의 예술인 심리상담 지원 사업*의 도움을 받았다. 두 번째 상담은 전국민마음챙김사업**의 도움을 받았다. 의외로(?) 국가는 우리를 돕고 있다. 한국인의 마음은 상당한 위기 상태여서 국가가 나서야 할 시점이라고 생각했는데 정말 다행이다. 또한 각 지자체에서 심리상담을 지원해주는 경우가 많으니 도움을 받고

* 창작 과정에서 심리적, 경제적 어려움을 겪는 예술인을 위해 심리상담을 지원하고 고충 해결과 만족도를 증진하는 데 도움을 주는 사업. 한국예술인복지재단 홈페이지에서 자세한 내용을 확인할 수 있다.

** 국민의 마음 건강을 돌보고 정신질환을 사전에 예방하거나 조기 발견하기 위한 보건복지부의 정신건강정책으로, 정서적으로 어려움을 겪는 국민이라면 나이나 소득수준에 상관없이 총 8회의 전문 심리상담 바우처를 제공받을 수 있다. 현재 상담이 필요한 상태라는 것을 증명하는 서류 제출이 필요하다. 나의 경우, 정신과 의사의 소견서를 제출했다.

싶은 사람들은 적극적으로 검색해보길 추천한다.

나는 다행히 두 번의 상담 모두 잘 통하는 선생님을 만났지만
아닌 경우도 있다. 내가 받은 심리상담의 경우에는 정신과에 비해
많은 대화가 이루어졌기 때문에 상담자와의 연결감이 더욱
중요하게 느껴졌다. 만약 상담자와 맞지 않는다는 생각이 들면
과감하게 센터를 바꾸는 것도 방법이다. 전주의 상담사는 첫
만남에서 이렇게 말했다. "혹시 불편한 마음이 들면 다른 곳에
가도 괜찮아요. 서운해하지 않을 테니 걱정 마요." 내담자의
마음이 편해야 안전하게 더 깊이 내려갈 수 있기 때문이다.

또한 상담센터의 종류가 너무 많아 혼란스러울 수도 있다. 내가
가려는 센터 선생님의 임상심리 혹은 상담심리 자격증, 그리고
전문 분야를 미리 체크하는 것도 좋다. 많은 사람이 해묵은
지하실의 문을 안전하게 열고 찬찬히 둘러볼 수 있기를, 그래서
당신을 힘들게 했던 그 공간의 무게가 가벼워져 당신이 더는
괴롭지 않게 되기를, 그런 경험을 하기를 진심으로 바란다.

☑ 운동을 하라는 말의 빛과 어둠 (그리고 빛)

"운동이 우울증에 좋대. 논문에도 나온대. 과학적으로 그렇대."
맞는 말이다.

"너 운동을 안 하니까 자꾸 처져서 더 우울해지는 거 아냐. 일단
몸을 움직여야지." 그것도 맞는 말이다.

운동. 그것은 어려운 것. PT 선생님에게 들들 볶여야 겨우 할 수
있는 것. 가기 전에 '아, 오늘은 쉴까?' 하는 생각이 듦과 동시에
쉬어야 할 이유가 열 가지 떠오르는 것. 그것이 운동. 우울증이
없는 사람에게도 어려운 것이 운동. 그러니 우울증이 있는
사람에겐 얼마나 어렵겠는가.

그래서 이 견고한 딜레마가 탄생한다. 운동을 할 수가 없다. 정확하게 말하면 몸을 움직이기 힘들다. 맨날 누워만 있다. 상태가 나빠진다. 몸의 기능이 떨어진다. 그래서 더 움직일 수 없게 된다. 상태가 더 나빠진다….

그런 거 그냥 게으른 것 아니냐고 묻는 사람이 있다면, 이 책의 1장 '언제 병원에 가야 하는가' 중 게으른 사람과 도움이 필요한 사람의 차이를 설명한 부분을 참고하길 바란다.

나 또한 운동하라는 말을 많이 들었다. 막판에는 솔직히 짜증이 날 지경이었다. 아니, 부엌에 물도 못 뜨러 가는 사람한테 무슨 운동을 하라는 거야. 밥이나 챙겨 먹으면 다행인데. (사실 밥은 잘 챙겨 먹었다. 약 덕에 식욕이 돌아서 음식이 맛있었으니까.) 에너지도 없고 의욕도 없고… 일단 다 싫다고. 하지만 그런 나도 가끔은 정신이 들었다. 러닝의 장점에 대한 글을 본 밤이었나. 러닝화와 바람막이를 샀다. 택배가 왔고 포장지를 뜯었는데, 갑자기 두려워졌다. 나가서 뛴다는 행위 자체가 너무 거대한 일처럼 느껴졌다. 결국 러닝화도 바람막이도 새것인 채로 서랍 깊숙이 들어갔다. 새로운 일을 시도하지 못하고 도망친 후 그런 스스로를 혐오하는 것은 우울증의 전형적인 증상이다.

하지만 그렇다고 계속 이렇게 살 순 없지 않은가. 우울증 환자들에게도 찬스는 있다. 우울의 파도가 잠시 물러갔을 때 좋은 경험을 해두는 것이다. 긍정적인 경험을 쌓는 건 중요하다. 해보니까 괜찮네, 바깥세상 생각보다 위험하지 않네, 해보니까 좀 좋네…. 이런 마음이 들 기회를 스스로에게 주는 것이다. 그건 긴긴 겨울밤을 대비하여 다람쥐가 모아두는 도토리 같은 것이다. 처음부터 벌목을 하려고 들면 위험하다. 예를 들어 러닝을 해본 적이 없는데 10킬로 뛰기 같은 목표를 잡았다면… 그럼 높은 확률로 실패할 것이고, 스스로를 더 싫어하게 될 테니까.

　고로 작은 것부터 시작한다. 집 앞을 조금 걸어보기. 용기가 나는 날에는 조금 더 걸어보기. 걷다가 본 좋아 보이는 카페에 들어가보기. 별것 하지 않고 나와도 좋은 경험이었다고 생각하기. 힘이 나는 날엔 힘차게도 걸어보기. 원데이 클래스에도 참가해보기. 의외로 괜찮다고 생각해보기. 그러다 기운이 빠져 결석한다고 해도 스스로를 너무 미워하지 말기. 작은 실패에 세상을 향한 문을 잠가버리지 말기. 나중에 기운이 날 때 한 번 더 시도해보기.

　재작년에 어쩌다가 일주일에 두 번 수영을 하고, 한 번 필라테스 수업에 가는 사람으로 살았다. 정말 어쩌다 그렇게 되었다. 친구가 필라테스 수업을 권해서 가봤더니 선생님이 좋아서 계속 다녔다. 어깨 통증도 줄어들고 일주일에 한 번쯤은 괜찮았기 때문이다.

같은 친구가 이번에는 수영을 권했다. (우울증 환자에겐 이렇게 가끔 뭘 권해주는 친구가 참 소중하다.) 가봤더니 수영장의 파란 바닥이 좋아서 또 조금 다녔다. 정신을 차려보니 주 3회 운동을 하는 사람이 되어 있었다. 그런데 웃긴 건 운동을 많이 했다고 내 상태가 그렇게 드라마틱하게 좋아지진 않았다는 거다. 운동의 신화를 믿는 사람들은 운동하면 불면증이 없어지고 인생이 바로 바뀔 것처럼 말하니까 조금 김이 새기도 했다.

　머쓱하지만… 지금은 아무 운동도 하지 않는 사람으로 살고 있다. 이랬다가 또 저랬다가 하는 거니까. 하지만 운동에 대한 생각은 확실히 바뀌었다. 이제 운동은 누가 권하면 화부터 나는 것이 아닌 '기본적으로 하기 싫지만 조금 좋을지도 모르는 일' 정도의 위치까지 올라왔다. 가끔 "운동하고 나면 기분이 정말 좋지 않냐!" 하는 친구의 말을 들으면 무슨 표정을 지어야 할지 모르겠지만, 그래도 많이 왔다. 무엇보다 그 기억이 내 뇌에도, 내 근육에도 남아 있다는 것이 중요하다. 그게 전부 추운 겨울날에 모아둔 도토리니까. 주 3회 운동하던 시절에 생긴 근육은 거의 녹았을 것이다. 하지만 근육에는 정말 기억력이 있어서 다음엔 더 빨리 생긴다고 한다. 해봤던 동작은 무섭지 않다. 가봤던 공간은 두렵지 않다. 그러니까 내 몸 구석구석이 기억하고 있는 것이다. 내가 나에게 좋은 것을 하려고 했던 시간을. 그리고 내가 얻었던 것들을.

운동한다고 우울증이 짠 하고 낫는 것은 아니다. 운동이 그렇게까지 만능은 아니라고 생각한다. 하지만 소용이 없었냐고 묻는다면 절대 아니라고 답하고 싶다. 에너지는 서서히 우리를 어딘가 좋은 곳으로 데려간다. 즉시는 아니지만 서서히, 분명히.

지난주엔 전주에 있는 요가원의 리스트를 만들어보았다. 열일곱 군데나 되었다. 그중 나와 잘 맞는 곳이 분명 있겠지. 바로 간다는 건 아니고 천천히 시도해볼까 한다. 수영에 대한 끈질긴 욕심도 있다. 초보반만 지금까지 다섯 번 다녔는데 이번에 여섯 번째 등록을 했다. 항상 자유형 숨쉬기에서 실패했는데 계속 시도하다 보면 어느새 되겠지. 남들에게도 일어났던 일이 나에게도 일어나겠지. 계속한다면 말이다. 올해는 러닝을 할 수 있을까. 신발장 안 유물이 된 러닝화를 신어보고 싶다. 굉장한 러너가 되는 걸 꿈꾸지는 않는다. 다만 심박수를 높이면 기분이 좋아진다던데 그걸 경험해보지 못한 것이 억울하다. 나도 그런 식으로 기분 좋아져보고 싶으니까! 이제 누가 운동 얘기를 하면 이렇게 대답한다.

"그러게요! 저도 (곧) 하고 싶어요!"

기분을 조절할 수 있는 방법을 찾아봅시다

☑ 나쁜 기분 끊어내기

나쁜 기분 끊어내기. 이것은 우울증 환자들에겐 엄청난 숙제다. 운동하기보다도 더 높은 벽이라고 생각한다. 왜냐하면 우울증 환자의 기분은 거의 항상 조금 나쁘고, 때로는 굉장히 나쁘고, 약간의 좋은 일로는 도통 바뀌지 않기 때문이다. 아주 독종이다.

나에게는 형제가 있는데, 20대 때 그에게 '기분'에 대해 물어본 적이 있다. "형제여, 너는 우울할 때가 있는가? 어떤가?" 그가 말했다. "아, 그거 아마 너가 제일 기분 좋을 때랑 비슷할 거야." 이럴 수가! 내 100점이 너의 0점이라니!

나의 경우, 기분 변화시키기 미션에서 특히나 어려웠던 파트는 이것이다. 좋은 일이 있어도 무감하다는 것. 마치 컵에 설탕을 아무리 넣어도 단맛이 나지 않는 커피 같다. 이렇게 하면 기분이 나아질 텐데 싶은 일들이 효과가 없으면 당황스럽다. 그럼 대체 어떻게 해야 좋아질 수 있지? 여행을 가서 좋은 경치를 보거나, 일에서 성취를 얻거나, 칭찬을 들어도 마치 마음이 벽돌 안에 들어 있는 것처럼 움직이지 않았다. 정말 난감하다. 그럼 어떻게 해야 하나. 좋은 일이 좋게 느껴지지 않는데 나는 어쩌나. 이렇게 계속 살고 싶진 않은데.

　　그래도 꾸물꾸물 주춤주춤 조금씩 방법을 찾아보았다. 포기할 순 없지 않은가. 경증일 땐 역시 샤워가 도움이 된다. "우울은 수용성"이라는 인터넷 속담(우울증 속담은 전부 인터넷 출신인 것 같다)이 반은 맞다고 생각한다. 따뜻한 물이 기분 좋은 것도 그렇겠지만 일단 구겨져 있던 몸을 펴고 일어나서 화장실에 간다는 것 자체가 큰 환기이기 때문이다. '환기'는 정말 중요한 키워드다. 감정의 흐름이 더 나쁜 쪽으로 흐르지 않게 방향을 살짝 돌리는 것이 이 작전의 목표이기 때문이다. 마치 말을 돌리는 친구처럼. 어, 알겠고. 너 샤워할래?

　　하지만 샤워조차 할 수 없을 때도 있다. 그럴 땐 난 드라마를 틀었다. 오히려 다이나믹한 작품보다 소소한 작품이 좋았다. 주인공이 엄청난 일을 겪는 것보다 그냥 살아가는 슴슴한 작품이 좋았다. 엄청난 사건을 겪는 모습을 보면 그 에너지에 압도되어 1화만 보고도 '와 잘 봤습니다! 감사합니다! 파이팅!' 하고 창을 닫게 되기 때문이다. 그래서 등장인물들이 그냥 맑은 하늘 아래를 걷는 모습을 보거나, 그들의 표정이 다양하게 바뀌는 것을 보거나, 말끔한 사무실에서 열심히 일하는 모습을 보는 게 좋았다. 정돈된 세계에서 사는 사람들을 보면 마음이 편해졌다. 그냥 집을 나서고, 출근하고, 퇴근하고, 친구 또는 연인과 갈등을 겪고, 식당에서 밥을 먹고, 때로는 집에서 간소하게 차려서 먹는 그런 평범한 모습을 보면 내가 살아갈 내일의 무게가 조금 덜어지는 느낌이 들었다. 나도 재활용쓰레기라도 버리고 와볼까 하는 생각이 들었다. 그렇게 작지만 좋은 시작의 기회를 얻기도 한다.

하지만 그것마저도 '어쩌라고!' 싶어지는 때가 있다. '바깥세상 사람들이 잘 사는 게 뭐? 나는 못 하겠는데.' 나쁜 기운의 소용돌이가 굉장히 커진 것이다. 그 기운에 잡아먹힐 것 같을 때 나는 몇몇 친구에게 연락한다. 하지만 여기엔 조건이 있다. 이 찬스는 자주 쓸 수 없다. 동병상련인 친구에게 한정된다. 나쁜 기운의 소용돌이는 전염될 수 있기 때문에 마구 휘두르고 다니면 아무리 우정이 깊은 친구라도 질릴 것이다. 고로 짧고 간결하게, 가능하면 예의 바르게 휘두른다. 서로 휘두를 수 있으면 가장 좋다. 4월에 네가 진상 부렸으니까, 5월엔 내가 부릴게. 이런 느낌으로…. 반은 농담이고 반은 진담이다. 사실은 조금 더

진담이다. 비슷한 어려움을 갖고 서로를 이해하는 우울증 친구는
정말 소중하다. 고로 섣불리 잃지 않게 소중하게 대해야 한다.
너무 소중해서 세 번 말했다.

　무기력증이나 약간의 패닉이 오려고 할 때 요즘은 수첩을 자주
꺼낸다. 할 일을 스마트폰 메모장에 적었더니, 메모장을 보는 것
자체가 힘들어졌다. (가지가지!) 하지만 난 연륜 있는 환자니까
수첩 시스템을 도입하기로 했다. 좋아하는 수첩을 하나 마련하고
해야 할 일을 종이에 적는다. 마친 일은 선을 그어 지운다. 해야
할 일을 전부 적지 않고, 일단 오늘 할 일 위주로 적는다. 종이에
천천히 할 일을 쓰는 행위는 오버해서 말하자면 명상과 비슷한
구석이 있는 것 같다. 컵 치우기, 책상 먼지 털기, 이메일
답하기…. 이런 자잘한 일을 굳이 천천히 꾹꾹 쓰고, 끝내고 나면
선을 죽– 긋는다. 의식이라고 말하면 거창하지만 의식이다. 또한
작은 재활이다. 여하튼 나는, 당신은 하려던 일을 했다. 이런 작은
터닝 포인트의 순간이 즐거운 일로 이어질 수 있다. 그때 보려던
책을 다시 꺼내 본다든가, 친구에게 갑자기 연락해본다든가,
펜을 내려놓고 세차게 집 앞을 걸으러 나가본다든가.

　항상 현재는 크게 느껴진다. 돌이켜보면 다 별것 아닌데 내가
왜 그랬을까 싶을 정도인데, 당시엔 너무나 별것으로 느껴진다.
침대에서 일어나지 못할 것 같아. 또 마감을 어길 것 같아. 그냥

못 하겠어. 씻을 수도 없어. 청소도 못 하겠어. 다 싫어. 또 망했나
봐. 그런 생각의 풍선이 점점 커져 당신의 방을 꽉 채운다. 얼마나
빠른 속도로 커지는지 모른다. 그럴 때는 생각 풍선에 구멍을 뽕
내서 푸시시 하고 바람이 빠져버리게 하는 요령을 익히면 좋다.
풍선이니까 아주 작은 구멍 하나만 내도 바람은 푸시시 빠진다.
진짜로 나중에 돌이키면 별것 아닌 일이니까. 그렇게 인식하면
그렇게 볼 수 있게 된다.

　예전에 이런 가사를 쓴 적이 있다.

　　샤워를 하고 좋아하는 향기의 로션을 천천히 바르고
　　요즘 제일 좋아하는 음악 들으면 나아질까

　2009년에 발표한 앨범 2집 〈지은〉에 들어 있는 '익숙한 새벽
세 시'라는 곡인데, 지금 생각해보니 그때는 경증이었나 싶다. 음,
그런 것으로 기분이 나아질 가능성이 있었다는 것이군. 하지만
진지하게 생각해보면 결국 그런 것이다. 결국 그런 것들이 기분을
나아지게 하는 것이다. '고작 이런 일상'이 제 위치에서 빛을 발할
때 어긋난 나의 기분 체계가 제자리를 찾으니까.

☑ 자낙스 기분

'자낙스적인' 기분이 들 때가 있다. 공식 용어는 아닌데 그냥 내 삶에서 공식적으로 쓰고 있다. 아, 오늘 자낙스 기분인데…. 지금 자낙스 한 알 털어 넣지 않으면 큰일 나겠는데…. 한 봉지 뜯어야겠는데….

먹어서 기분이 좋아지는 정신과 약은 없다고, 그런 건 정신과 약이 아닌 마약의 영역이라고 말해왔지만 솔직히 자낙스가 아주 조금 비슷한 역할을 하는 것 같다. 나는 자낙스와 함께 인생의 위기를 몇 번 넘겨왔다. 기분이 바닥에 들러붙어 있는데 무대에 서야 할 때, 사람들에게 밝은 모습을 보여줘야 할 때, 펑펑 울다가 아무 일도 없었다는 듯 굴어야 할 때 자낙스를 먹었다. 정확하게 말하면 약이 기분을 좋아지게 만드는 것이 아니다. 아무렇지 않은 척을 할 때, 그러니까 마음이 지하 10층에 있으면서 지상에 있는 듯 굴어야 할 때 그 약은 내게 유용했다.

자낙스Xanax의 주성분은 알프라졸람Alprazolam으로, 자낙스 외에도 알프람Alpram, 자나팜Zanapam 등의 이름을 갖고 있다. 이 약은 항불안제로, 불안에 관여하는 뇌의 신경 활동을 억제한다. 공연 전에 잘 들었던 이유가 있었다.

그런 자낙스에는 중독 위험이 있다. 이런 치트키* 같은 약을 얼마든지 먹을 수 있을 리가 없다. 오래 먹어도 좋지 않고 의존해도 좋지 않다. 갑자기 끊어도 좋지 않다. 그러니까 양날의 검 같은 약이다. 먹자마자 반짝 효과가 있기 때문에 의존하기가 쉽다. 동시에 부작용이 만만치 않다. 어찌 생각해보면 효과가 좋으니 당연하다.

* 게임에서 자주 쓰는 용어. 속임수를 뜻하는 치트cheat와 '키값을 넣는다'고 할 때 키key를 합친 단어로 치트 코드cheat code라고도 한다. 돈을 무한으로 생성한다거나 플레이어를 아주 강하게 만드는 등의 특정 키값을 입력한 후 게임을 쉽게 플레이하기 위해 사용한다. 게임 외에 실생활에서도 상황을 수월하게 풀리게 하는 무언가를 지칭할 때 자주 쓰인다.

얼마 전, 연재를 펑크 낼 뻔할 위험에 빠졌다. 상태가 안 좋아 자낙스를 먹어야 하나 했는데 약이 다 떨어진 것이었다. 결국 휴재했다. 이럴 땐 자낙스를 먹고 해내는 삶이 나은지, 먹지 않고 결국 휴재를 택하는 삶이 나은지 모르겠다. 정답은 없고, 자신의 선택이라고 생각한다.

자낙스는 유명한 약이라 넷플릭스에 다큐멘터리도 있다. 〈테이크 유어 필스: 자낙스의 경고Take Your Piels: Xanax〉에는 나와 비슷한 사람들이 많이 나온다. 계속 복용하는 삶에 만족하는 사람도 나오고 위험을 경고하는 사람도 나온다. 사람은 보고 싶은 대로 보는 습성이 있어서 나는 '위험성을 알지만 매일 복용하는 현재에 만족한다'는 출연자에게 가장 감정이입을 했다.

얼마 전 소설가 선배를 만나 함께 밤길을 걸었다. 반가운 마음에 또 신나게 내 얘기를 떠벌렸다. (그러고 나면 집에 가서 문자를 보낸다. 아까는 죄송했다고….) 선배가 말했다. "너처럼 약 먹으면서까지 글 쓰는 사람은 본 적이 없어." 누군가가 대신 봐주는 나의 등잔 밑. 하지만 이 등잔 밑 어둠을 어쩌면 좋죠?

그날 이후로 조금씩 생각했다. 나도 모르게 약에 의존해왔음을 새삼 깨달았다. 일어날 수 없는 날이라면 오히려 일어나지 않는 편이 건강한 것 아닐까. 웃을 수 없는 상황이라면 억지로 웃지 않는 게 더 좋은 것 아닐까. 망가질 정도의 큰일이 있다면 그냥 망가지는 것이 순리가 아닐까, 하고 말이다. 하지만 역시 서랍 속엔 몇 알 둬야겠다. 다 없애면 너무 불안할 것 같으니까.

나를 더 구체적으로 이해하고
돌보아나갑시다

우울증을 겪는 이에게 "의지가 약해서 그래" 같은 말을 하는 것이

부적절하다는 건 이제 어느 정도 상식이 되었다고 생각합니다.

의지를 도저히 발휘하기 어려운 것 자체가 우울증의 증상이니까요.

의지를 발휘하려면, 그럴 수 있기 위한 에너지를 일단 조금이라도

만들어야 합니다. 에너지를 만드는 매우 강력한 방법이

약물치료입니다. 이 장은 약물치료를 통해 일단 급한 불을 어느 정도

끄고 급속 충전을 해놓은 상태에서 스스로를 위해 무엇을 할 수

있는지에 대한 이야기입니다.

상담치료에는 이 에너지가 꼭 필요합니다. 상담치료는 나는 가만히

있는 상태에서 누군가 내 마음을 대신 읽어주는 것이 아니라 나와

전문가가 (오지은 님의 표현대로) '함께' 지하실에 들어가는

과정이니까요. 그러니 나를 들여다볼 수 있는 기본적인 힘이 꼭

필요하겠지요. 그렇기에 일단은 지하실에 들어갈 수 있을 정도로

증상이 회복된 후에 본격적으로 상담치료에 돌입하는 편이

안전합니다.

  상담치료에는 정신분석치료*, 인지행동치료(인지치료), 변증법적

행동치료** 등 다양한 방식의 치료가 존재합니다. 'ㅇㅇ치료'라는

명칭하에 상담 시간과 간격, 내용 면에서 일정한 틀이 정해진 가운데

진행되기도 하지만, 어떤 한 가지 형식의 치료에만 완전히 국한되어

있지 않은 경우도 많습니다. 약물치료와는 달리 상담치료는 특성상

기계적인 표준화를 하기 어려울 뿐더러, 한 사람의 고통에는

정식분석적인 요소, 인지행동적인 요소 등 여러 요소가 기여하고

있기 때문입니다.

* 정신분석적 정신치료(Psychoanalytic
Psychotherapy): 무의식의 갈등을
탐색하고 과거와 현재의 연결고리를
살핌으로써 자기 이해를 이루고 심리적
고통을 완화하는 치료법

** 변증법적 행동치료(DBT,
Dialectical Behavior Therapy):
인지행동치료에 변증법적 접근, 마음챙김,
수용의 요소를 결합하여 감정조절 및 관계
개선, 스트레스 관리 등을 목표로 하는
치료법

이처럼 상담치료는 그 모습이 다채로울 수밖에 없지만, 상담치료에 공통점이 있다면 '자신에 대한 이해를 통해 고통을 줄이고 성장을 이루는 것'이라고 할 수 있습니다. 상담치료에서 마음의 지하실에 함께 들어간 전문가 역시 그 지하실 안에 무엇이 들어있는지 모릅니다. 다만 그에게는 아주 작은 손전등, 엄청나게 밝지는 않고 희미한 손전등 하나가 들려 있습니다. 그는 여기저기를 비추면서 함께 들여다보자고 권합니다.

그렇게 지하실을 알아나갈수록, 더 이상 지하실은 무서운 곳이 아니게 됩니다. 불필요하게 너무 큰 부피를 차지하고 들어앉아 있는 오래된 물건(예를 들면 왜곡된 사고 방식 등과 같은 것)은 버리면 된다는 것을 알게 됩니다. 그 물건 때문에 자주 넘겨졌었다는 사실도 알게 됩니다. 물건이 사라진 공간에는 다른 멋지고 유용한 물건(합리적 사고나 감정조절 전략 등)을 갖다 놓을 수 있게 됩니다.

울퉁불퉁 튀어나와 있는 벽의 어느 한구석(타고난 기질, 예를 들면 예민함, 내향성 등)은 어떻게 해도 없앨 수 없다는 것 역시 알게 됩니다. 그러나 그것이 어디에 어떤 모양으로 존재하는지를 알게 된 것은 큰 수확입니다. 머리를 쾅하고 부딪히기 쉬운 곳이니 조심하면 됩니다(자신이 특히 스트레스 받는 상황이 무엇인지 인식하고 그 상황에 자신을 덜 두려고 할 수 있겠죠). 튀어나온 벽에는 쿠션(내가 예민하게 느끼는 부분이 건드려졌을 때 스스로를 위로할 매뉴얼을 미리 만들어놓는 것처럼요)을 덧대어 놓았으니 너무 무서워할 필요는 없습니다. 어떻게든 깎아서 없애고 싶은 녀석인 줄로만 알았는데 모자걸이로 쓸 수도 있다는 사실을 발견하게 됩니다. 타고난 기질의 긍정적인 측면을 발견할 수도 있는 거죠(예민함을 통해 타인이 포착하지 못하는 지점을 알아차림으로써 관계, 직업 등에서 활용 가능한 것처럼요).

　　그렇다면 상담치료에서는 주로 무엇을 다룰까요? 현재의 스트레스, 유년기의 기억, 삶의 트라우마, 사소한 에피소드 등 제한은 없습니다. 다만 거기에 더해 상담치료에서 아주 중요하게 다루는 것이 있어요. 바로 그런 일들을 바라보는 나의 관점입니다. 내가 겪은 사건과 감정도 물론 중요하지만, 그 사건과 감정을 바라보고 처리하는 나의 시각 그 자체가 무척 중요합니다. 달을 가리키는 손가락에 비유할 수도 있고, 사진기의 필터에 비유할 수도 있습니다.
　　오래전 여행을 갔을 때가 생각납니다. 어느 날 재미 삼아 핸드폰에 내장된 '차가운 필터'로 모든 풍경을 찍어 봤어요. 분명 즐겁고 따뜻했던 순간들이었는데 사진만 보니 마치 '핵전쟁으로 맞이한 지구 최후의 날' 같은 풍경이더라고요. 마음도 이와 같습니다. 우리는 각자가 자신만의 필터를 가지고 세상을, 그리고 타인과 자신을 바라봅니다. 각자의 필터 몇 가지는 있을 수밖에 없습니다. 그러나 모든 것을 다 똑같은 필터로 바라보거나, 사물의 진실을 지나치게 왜곡하는 필터만 가지고 있다면, 어떤 좋은 사물(긍정적 경험)을 카메라에 담을지보다 필터의 어떤 점이 문제인지에 대해 들여다보는 것이 우선입니다.

이 과정의 어려운 지점은 '차가운 필터', 즉 무언가를 지나치게 어둡고 부정적으로만 바라보는 필터를 바라보는 필터 역시 차가운 상태라는 것에 있습니다. 액자식구성 같은 거죠. 그래서 상담치료는 생각보다 어렵고 지난하며, 어쩌면 약물치료보다 훨씬 더 많은 용기와 인내심을 필요로 하는 작업입니다. 그렇지만 정말 따뜻하며 또한 유용한 작업입니다. 용기를 내어 지하실의 문을 열어봅시다.

그 밖에 어떤 시도를 스스로 해볼 수 있을까요? 오지은 님이 이미 여러 좋은 방법을 알려주셨습니다. 샤워의 효능에 대해 말해볼까요? 따뜻한 물로 하는 샤워는 부교감 신경을 자극하여 긴장과 불안을 해소하고 심리적인 안정감을 제공해줍니다. 찬물 샤워는 도파민 분비를 증가시킴으로써 활력과 행복감을 증가시켜줍니다. 게다가 샤워는 창의성의 증진에 도움이 되는 '마음이 적당히 방황하는 활동'

중 하나입니다. 여기서 적당히란, 독창성이 제한되는 선형적인 사고와 무작위적이고 자유로운 사고의 중간 정도를 의미합니다. 바로 이때 창의성이 높아지죠. 샤워를 하다가 기막힌 아이디어를 떠올린 경험이 있다면 바로 그 때문입니다.

산책도 같은 활동 중 하나입니다. 산책 역시 우울감 개선에 물론 도움이 되고요. 가능하다면 오전 중 산책을 함으로써 야간의 멜라토닌 합성을 유도하면 더 좋겠지만, 하루에 한 번이라도 외출할 수만 있다면 언제든 괜찮습니다.

그리고 운동…. 저는 진료 중 요즘 운동을 시작했다는 말씀을 들으면 벅찬 기분이 드는 나머지 이렇게 생각합니다. '아, 이번만큼은 지나치게 호들갑 떠는 반응을 하지는 말아야지'라고요. 그러나 자주 실패합니다. 그만큼 운동은 정신건강에 너무나 지대한 기여를 하는 활동입니다. 사실 운동과 영어 공부는 한국인의 대표적인 작심삼일 아이템 중 하나잖아요. 1월에만 헬스장과 영어 학원이 붐비는 현상에 대한 농담이 흔할 정도로요. 그만큼 운동은 습관으로 만들기 어려운 활동 중 하나입니다.

그런데 운동을 하면 BDNF뿐 아니라, 세로토닌, 도파민, 노르에피네프린, 엔돌핀 분비가 증가합니다. 그렇기 때문에 운동은 앞서 말씀드린 항우울제의 효과인 신경가소성 촉진 기능 역시 가지고 있습니다. 물론 운동을 하면 항우울제를 먹을 필요가 없다는 뜻이 절대 아니라는 걸 이해해주시리라 믿습니다. 운동을 할 수 있는 에너지가 생긴 상태가 되었을 때부터 조금씩 시도하여 일상 속의 습관으로 만들어봅시다. 시간이 좀 걸려도 되니까요.

스스로 해볼 수 있는 시도에는 그 밖에도 많은 것들이 있을 수 있지만, 여기서는 딱 한 가지만 더 말씀드릴게요. 너무 여러 가지를 알려드리면 오히려 아무것도 기억나지 않을 수 있거든요. 한 가지는 바로 '감사일기'를 쓰는 것입니다. 널리 인정받는 우울감 개선 방법 중 하나예요. 전혀 거창할 필요 없고 하루에 딱 한 줄만 써도 됩니다. 감사일기라는 표현이 뭔가 와닿지 않는다면(누구에게 혹은 무엇에 감사하라는 것인지 잘 모르겠다는 마음이 들 수도 있으니까요), '다행일기' 등 각자 원하는 이름을 붙여도 좋습니다.

그날 좋았던 것, 다행이라 여겨지는 것을 다 쓴 치약 쥐어짜는 심정으로 한 개 이상만 적어보았으면 합니다. 예를 들면, 앞서 샤워 얘기가 나왔으니 '오늘도 따뜻한 물에 샤워할 수 있어 다행이다' 같은 것이요. 그런데 잠깐, 제가 예로 든 문장이 혹시 조금 불편하신 분이 계실지도 모르겠습니다. '따뜻한 물에 샤워할 수 없는 이도 존재하는데 누군가와 비교함으로써 감사함을 느끼는 것이 옳은 일일까?'라는 생각이 들 수 있으니까요. 그러나 부디 너무 죄책감을 느끼지는 않으셨으면 합니다. 자신이 그저 안온한 상태라는 것만으로 죄책감을 느끼고 고통스러워 하는 경향이 우울증일 때는 더욱 심해질 수 있기에 부러 이런 말씀을 드립니다.

감사라는 행위에 필연적으로 따라오는 것들, 즉 자신의 상태에 안도하고 그것을 다행스럽게 여기는 마음을, 그저 그것 자체로 인정해주세요. 타인에게 연민과 공감을 느끼는 마음과 나의 현재에 감사한 마음은 서로 대립하는 개념이 아닙니다. 오히려 나의 삶에서 감사한 것들이 많을수록, 그 감사함을 많은 사람들과 느끼고 싶다는 마음으로 연결될 수 있습니다. 그렇기에 그저 그냥, 감사한 것 또는 다행스러운 것을 매일의 삶에서 어떻게든 포착해보려고 했으면 합니다. 그래도 됩니다.

step. 4

일상을 이어나갑시다

나에겐 병이 있지만 병이 곧 나는 아닙니다

☑ 나는 우울증 환자입니다, 하지만 정신병자라 부르지 마라

아픈 사람의 마음은 복잡하다. 내가 아프다는 사실을, 내가 이러는 이유를 이해받고 싶다. 한편, 아프다고 넘겨짚지 말아 달라는 마음도 있다. 넌 이러저러한 사람이잖아, 하고 누군가 나에 대한 편견을 가지는 게 싫다. 누구든 그럴 것이다. 동정도 싫다. 하지만 역시 이해받고 싶다. 그래서 아픈 사람을 대하는 주위 사람도, 심지어 아픈 사람 본인조차도 스스로를 대하기 쉽지 않다.

우울증 환자인 나에겐 몇 가지 증상이 있는데(새삼스럽지만), 그중 무기력증을 예로 들어보겠다. 이 증상이 도지면 중력이 열 배 정도 세진 것처럼 간단한 일도 엄청나게 하기 어려워진다.

침대 옆 휴지를 쓰레기통에 넣는 정도의 일도 무진장 어렵다. 쓰고 보니 조금 부끄럽지만 계속 써보겠다. 여하튼 그러다 보면 방이 엉망이 된다. 옷도 아무 데나 벗어놓고, 물을 마셨던 컵도 책상에 서너 개가 쌓인다. 10분이면 치울 수 있는데 그 10분이 100분인 것처럼 느껴진다. "자, 이제 시작해볼까!" 하며 내 등을 밀어주는 에너지 자체가 마음에 고이지 않기 때문이다.

그런 상황에서 스스로를 환자의 상태로 인식하는 것은 좋은 일이라고 생각한다. '아, 나에게 무기력증이 왔구나', '우울증 환자는 이렇구나' 하며 환자로서의 정체성을 가지고 스스로를 바라보는 것이다. '이건 그냥 내가 게으른 거야. 난 망했어. 이런 내가 지겨워….' 이렇게 생각하는 것보다 훨씬 낫기 때문이다. '지금 무기력증이라서 그렇구나!' 하고 상황을 인식한 뒤 내 상태를 수용하면 오히려 그때부터 실마리가 생긴다. 마음도 조금 편해진다. 일단 원인을 찾았기 때문이다. 원인이 있으면 해결책도 있다.

하지만 스스로 '난 무기력증이니까 못 해' 하고 생각하거나 타인이 '넌 무기력증이니까 못 하잖아' 하고 생각하는 것은 다른 문제다. 인간은 복잡하고 다면적이다. 증상은 왔다가 사라지는 것이다. 증상은 영원하지 않다. 증상은 나의 특징이 아니다. 고로 증상이 사람 앞에 와서 그 사람에게 라벨을 붙이게 두면 안 된다.

'쟤는 우울증 환자.' '쟤는 ADHD.' 이렇게 물건에 상표를 붙이듯 한 사람을 병으로 명명하게 두어서는 안 된다. 내가 나 자신을 그렇게 대해서도 안 된다.

　이건 아주 미묘한 밸런스다. 나에게는 병이 있다. 그것을 인정한다. 병과 함께 살다 보면 자아와 섞이는 부분도 있다. 그런 시간이 나의 패턴과 습성을 만들기 때문이다. 하지만 병이 곧 나를 의미하는 것은 아니다. 무기력증이 있다고 평생 내가 무기력하게 사는 건 아니다. 실제로 그렇지도 않고 말이다. 병을 인정하되, 병에 잡아먹히지 않는다. 상황이 가변적이라는 사실을 명심한다. 증상은 어디까지나 증상이지, 내가 아니다.

☑ 소중한 사람들과 잘 지내는 법

내 친구 H는 카페에 가면 문이 보이는 곳에 앉아야 한다. 문을 등지고 앉는 자리에도 앉으려면 앉을 순 있겠지만, 그럼 불안한 기분이 올라오는 걸 참아야 한다고 했다. H는 정신과에 다니지 않는다. 생활에 불편이 없으니 굳이 가야 할 이유가 없다. 특이한 부분은 있지만 우리는 인조인간이 아닌 사람이니까 당연하다. 관련 검사를 받아도 극히 보통이라는 결과가 나올 것이다. 하지만 그는 그렇게 하지 않으면 불안하다. 나는 그와 만나면 기꺼이 문이 보이는 자리에 그를 앉게 한다. 나는 그 불안을 알고 있고, 그 정도의 배려는 내게 별일이 아니기 때문이다.

내 친구 M에겐 공황 증세가 있다. M은 병원에 다닌다. M과

신나게 웃고 떠들다 보면 그에게 일어나는 변화를 눈치채지 못할 때가 있다. M은 증상을 되도록 누르고 숨기고 싶어 하기 때문이다. 그래서 나는 불쑥 묻는다. "혹시 지금 공황 올 것 같니?" 그제서야 M이 고개를 끄덕인다. "쉬자. 아무 것도 하지 마." 이렇게 말하는 건 내게 별일이 아니다.

나에겐 가끔 아주 불편한 기분이 찾아온다. 그건 아마도 공황발작panic attack*의 종류일 것이다. (정식으로 공황장애 진단은 받지 않았다.) 얼마 전에는 부산에 있는 엄마 집에서 지내는 중에 그런 느낌이 왔다. 편의상 공황이라 부르겠다. 엄마는 공황이 뭔지 잘 모르는 사람이고, 나는 겉으로는 티가 안 나서 상황이 점점 나빠지고 있었다. 엄마는 이따가 저녁에 고등어를 구워주겠다며 조금 신난 상태였다. 나는 엄마에게 말했다. "엄마 나 생각보다 일찍 돌아가야 할 것 같아. 오늘 저녁은 같이 못 먹겠다. 미안해. 서운하지?" 엄마는 "너무너무 서운해"라고 말했다. 내가 답했다. "그래도 어쩔 수 없어. 내가 상태가 안 좋아서 그래. 미안해." 나는 부산역 앞에 숙소를 잡고 작은 방에 혼자 앉아 마음이 편안해지는 걸 느꼈다. 엄마의

---

* 공황발작이 반복되면 공황장애panic disorder로 진단할 수 있으며, 우울증과 함께 존재하기 쉬운 질환 중 하나다.

서운함은 다른 때 잘해드리는 것으로 풀기로 했다.

예전 같으면 그냥 참거나, 또는 약을 먹고 참았을 것이다. 잘 지내고 싶은 마음에, 오버하고 싶지 않다는 생각에 그랬다. 누군가는 그걸 착하다고 할 수도 있지만 그건 조금 과장되게 말하자면 아주 작은 기만일 수도 있다. 상대방에게 내 마음을 공유하지 않는다는 차원에서 그렇다. 그리고 그렇게 누른 에너지는 이상한 곳에서 터질 수 있다고 생각한다. 방향을 튼 에너지는 사라지지 않고 어딘가 고이기 때문이다. 참거나 회피하는 버릇이 있는 우울증 환자들은 내 말이 무슨 뜻인지 알 것이다.

약을 먹지 않던 20대 초반, 나는 엄청난 지각을 몇 번 했다. 자잘한 지각은 참 많이 했다. 부끄럽지만 사실이다. 지각하면 죄책감이 오래갔다. 죄책감은 오히려 나를 더 이상하게 굴게 했다. 너무 많이 사과한다거나, 계속 자학한다거나…. 그런 내가 이상하게 보였을 거다. 오히려 그 타이밍에 인연이 끊긴 적도 있었다. 돌이켜 생각해보면 상대방 입장에서는 조금 짜증나고 말 일이, 이어지는 나의 행동으로 더 큰 짜증이 된 것 같다.

많은 실패와 후회를 거듭한 40대의 나는 이제 약속을 잡을 때 미리 살짝 양해를 구하기도 한다. "그럼 그 즈음에 보는 것으로 하고 전에 다시 연락드리겠습니다…!" 그러다 상태가 나빠지면 미리 말한다. (반대로 상대방의 상태가 나빠져 약속이 깨지는 경우도 있다. 바야흐로 '대정병시대'니까.) 당일에 갑자기 '큰일이다!' 하고 벌벌 떨다가 약속에 늦거나 펑크를 내는 끔찍한 일이 일어나지 않도록 미리 쿠션을 여기저기 대어둔다. 상태가 나빠지면 솔직하게, 하지만 짧게 내 상태를 공유하고 용서를 구한다. 부담스러운 하소연이 되지 않도록 최대한 산뜻하게, 그리고 나중에 비싼 밥으로 속죄한다.

환자는 자기 상태를 잘 알아야 한다. 스스로를 위해서, 그리고 세상과 잘 지내기 위해서, 그런 흐름 속에서 조금씩 더 편해지고 더 나아지기 위해서, 내가 너무 무리하거나 상대방을 무리시키지 않기 위해서, 어딘가에 나쁜 에너지가 고이지 않기 위해서, 소중한 사람을 당황시키지 않기 위해서 말이다. 당신의 어려운 고백을 의외로 세상은 가볍게 받아줄 수도 있다. 가장 무겁게, 심각하게 생각하는 건 우리 환자들일지도 모른다.

고등어 사건 이후 엄마와 여행을 갔다. "그때 섭섭했지?"라는 말을 꺼내며 내 증상이 어떤 건지 차분하게 설명해보려고 노력했다. 엄마는 조금은 알게 된 것 같았고 어떤 부분은 전혀 이해하지 못한 눈치였지만 그래도 난 이게 큰 발전이라고 생각했다. 다 괜찮다고 말하는 딸이었던 때보다 지금이.

☑ 선생님,
저는 왜 졸업을 못하죠

가장 오래 다녔던 병원의 의사는 치료가 끝나는 걸 '졸업'이라
불렀다. 언젠가 진료 중 빙긋 웃으며 이렇게 말하는 것이었다.
"이번 주에도 벌써 두 명이나 졸업을 했습니다." '앗, 그럼 왜
저는 7년째 재학 중이죠…?' 마음속으로만 생각하고 진료를
마쳤다. 하지만 그날 이후로 졸업이라는 키워드에 대해 생각하게
되었다.

　의사가 치료 종결을 졸업이라고 표현한 이유는 몇 가지가 있을
것이다. 추측해보자면 한 시절이 종결되었다는 의미, 축하의
의미, 마음 공부도 평생 공부니까 나중에 대학원 수업에서
만나자는 의미(진짜 농담이다)…. 어느 날 "이제 졸업하셔도 될

것 같습니다"라는 말을 들으면 얼마나 좋을까? 졸업에 별 욕심이
없던 나는 슬그머니 어필을 시작했다.

"선생님, 제가 요즘 들어 한 번도 무너진 적이 없네요. 식욕도
있고, 사람도 잘 만나고, 심지어 새로운 프로젝트도 추진하고
있고, 씻기도 잘 씻는데… 이 정도면 '갓반인*' 아닌가요?
왓핫핫핫!" 나는 진료 때마다 이렇게 말했다. 그럼 선생님은
빙그레 웃으며 "다음 진료 때 뵙겠습니다" 하며 정중하고
단호하게 차단하는 것이었다. 그렇게 한동안 창과 방패의 싸움이
이어지다 결국 이 말이 흘러나와 버렸다.

"선생님, 왜 저는 졸업을 못 하죠?"

선생님은 눈썹 근처에서 흔치 않은 동요를 잠시 드러내더니
흘리듯 이렇게 말했다.

"어떤 환자들의 경우엔… 약을… 평생 드신다고 생각하셔야 할

* 일반인이라는 단어 앞에 신이라는 뜻의
'갓(GOD)'을 붙여서 엄청나게 잘 지내는
사람을 일컫는 최신 속어. 예를 들어 미라클
모닝을 한다거나, 매일 한 시간씩 운동을
한다거나….

수도… 있고요….”

　세상에. 그렇구나. 나는 책을 찾아보았다. 평생 정신과 약을 먹는 경우는 의외로 흔했다. 정신과 의사조차 정신과 약을 평생 먹었다. 나는 조금 놀랐고 조금 난감했고 조금 절망했다. ‘진짜로 약을 계속 먹어야 한다고? 그럼 난 나아지지 않고 계속 이래? 이걸 어떻게 매일 계속 먹어? 부작용은? 계속 약이 늘기만 하면 어쩌지? 그러다 나중엔 안 들으면 어쩌지? 그러다 더 미치면 어쩌지?’

　그러던 어느 날 CT를 찍을 일이 있었는데 의사가 그랬다.
　“아니, 40대 뇌가 왜 이렇게 쪼글쪼글해요? 노인 같네요.”

　‘헉, 설마 약을 많이 먹어서? 치매가 빨리 오면 어쩌지?’*

　하지만 그만 동동거려야 했다. 불안은 내 회복에 별 도움을 안 주기 때문이다. 회복에 도움을 주는 건 직시와 여유로운 태도, 은근한 지속성, 좋은 경험 수집하기 등이지 불안 쪽은 아니다.

*　실제로 약 때문에 뇌가 쪼글쪼글해지지는 않는다고 한다.

생각해보면 평생 혈압약을 먹는 경우도, 당뇨약을 먹는 경우도, 심장약을 먹는 경우도 있다. 정신과 약뿐만 아니라 나도 곧 그쪽 사람이 될 수도 있다. 얼마 전 했던 피검사의 수치가 그렇게 말해주었다…. 만약 혈압에 문제가 생겨서 혈압약을 먹어야 하는데 약이 안심되지 않는다는 이유로 먹지 않으면 건강에 치명적인 위험이 생길 수 있지 않은가. 혈압약이 그렇듯 정신과 약도 마찬가지다.

그래서 무던하게 병원에 개근하고 있다. 어느새 약도 많이 줄었다. 가짓수도 개수도 용량도 줄었다. 이러다 아침약이 없어지고, 밤약이 없어지면 나도 졸업인 걸까? 하지만 중요한 건 졸업 날짜보다 방향이겠지. 나에게 나은 방향, 편한 방향, 나를 덜 괴롭히는 방향. 눈을 똑바로 뜨고 방향을 확인하자. 너무 부릅떴다 싶으면 눈에 힘을 풀어가면서 치료의 길을 따라가자. 그러다 보면 졸업은 따라올 수도 있고, 따라오지 않을 수도 있고…. 아, 정말 포기가 되지 않는군. 개정판을 낸다면 업데이트 하겠습니다. 졸업 상태인지, 수료 상태인지, 영원한 재학생인지 뭔지!

☑ 현재를 받아들이고 한 뼘 앞으로 나아가기

"현재를 받아들이다."

이 말은 쉬운 말이다. 많은 사람이 저 말을 보자마자 '그럼 받아들여야지!' 또는 '이미 받아들이고 있는데?' 생각할지도 모른다. 하지만 저 말을 실제로 행하기는 상당히 어렵다고 생각한다.

인간은 흔히 자신의 능력이, 그러니까 수행 능력이 좋았던 시기를 기준으로 삼곤 한다. 이건 우울증의 여부와는 상관없다. 예전엔 밤을 새우고도 멀쩡했는데, 예전엔 하루 종일 집중을 했는데, 예전엔 책 한 권을 너끈히 읽었는데, 예전엔 쉬는 날이면 부지런하게 집을 치우곤 했는데…. 따져보면 인생에서 그런 시기는 비교적 짧았을 수 있는데도(흔하게는 10대나 20대의 에너지 넘치던 언젠가일지도) 자기도 모르게 그때와 지금을 비교하며 현재의 나를 어색해한다.

우울증 환자의 경우에는 조금 더 심하다. 낙차가 크기 때문이다. 집중력 저하나, 무기력증 등의 증세가 상당히 낯설게 느껴진다. 자꾸 예전과 비교하게 된다. '내가 왜 이러지? 나는 원래 이런 사람이 아닌데?' 왜냐하면 우울증에 걸렸기 때문이다. 그리고 당신은 이제 '원래 이런 사람'이 되었다. 악담처럼 느껴졌다면 미안하다.

코로나 바이러스가 유행일 때 '뉴노멀New Normal*'이라는 말을 자주 보았다. 코로나 뉴노멀은 전염병이 돌고 나서 새롭게 생긴 비대면 중심의 생활 방식을 가리키는 말이었다. 자꾸 우울증 환자들이 생각났다. 그들이 자주 빠지는 함정이 있다. 그건 새로운 기준, 뉴노멀을 받아들이지 않아서 빠지는 함정이다. 현재의 나는 노멀이 아니라고, 즉 기준이 되는 상태가 아니라고

* 시대가 변화하면서 새롭게 떠오르는 기준, 표준을 뜻한다.

부정하는 것이다. '이건 진짜 내가 아니야'라고 생각하며 계속 어색해하는 것이다. 하지만 앞에서도 말했듯 현실을 부정하는 것은 치료에는 별 도움이 되지 않는다. 가장 좋은 것은 지금을 제대로 파악하는 것. 그리고 받아들이는 것이다. 거기서부터 치료가 시작되기 때문이다.

잠시 고백을 하나 하겠다. 나는 이제 스스로가 극장에 잘 가지 못하는 사람임을 인정한다. 극장이라는 공간도 좋아하고 가끔 극장에서 개봉하는 영화의 GV(관객과의 대화) 일도 하지만… 그것과 별개로 영화 자체를 잘 보지 못한다. 예전엔 많이 봤다. 콘텐츠를 와구와구 먹고 소화할 수 있었다. 이제는 위장병이 난 다음 강제로 소식하는 사람처럼 조금만 먹을 수 있다. 여전히 맛있다고 느끼지만 많이 먹을 수가 없는 것이다. 앞으로 달라질 수도 있지만, 예전보다 더 콘텐츠 뷔페를 휘젓고 다닐 수도 있지만 일단 지금은 애석하게도 그렇지 못하다.

나의 한심한 현재를 받아들이면 오히려 좋은 일이 생긴다. 예를 들어 이번 계절에 영화관에 두 번이나 갔다면? 대단한 것이다. 아주 그냥 시네필이다. 예전에 비하면 한참 멀었다고 스스로를 다그치는 것보다 이런 태도가 훨씬 낫지 않을까. 다그치면 풀 죽으니깐….

작업 계획을 짤 때는 여전히 가끔 실수한다. 그만 목표를 높게 잡아버리는 것이다. "그렇게나 많이 일할 수 있을 리가 없는데, 이만큼 일했으면 한동안 쉬는 게 맞는데…." 이런 팀원(=나)의 말은 무시하고 또 서툰 팀장(=나)이 독재하다가 한 소리 듣는다. "목표 수정하셔야 해요, 팀장님!" 그렇게 악덕 팀장의 폭주를 막아서는 팀원의 마음으로 살면 나중에 사과할 일이 줄어든다. "결재 올리러 가서 '저 일주일만 시간을 더 받을 수 있을까요…?' 같은 소리 하고 싶지 않으면 팀장님 제 말 들으셔야 합니다. 저희 팀 이제 그만큼 못합니다." 이 단호한 팀원의 목소리를 듣지 않으면 망합니다, 팀장님.

하지만 현재에 대해 이야기할 때 가장 중요하다고 생각하는 건, 현재가 영원하지 않다는 점이다. 현재는 곧 과거가 된다. 그리고 새로운 현재가 온다. 그 '새로운 현재'는 꽤 다른 모습일 수 있다. 그건 이번 계절에만 영화를 네 편이나 본 현재일 수도 있고, 꽤 훌륭한 작업량을 달성한 현재일 수도 있다. 여하튼 한 뼘 다른 곳에 위치한 현재다. 어쩌면 나빠질 수도 있지만 그래도 다음 번에 올 현재는 꽤 괜찮은 녀석일 수도 있다. 그러니까 지금의 현재를 인정하는 건 포기나 패배가 아닌 오히려 성장이다. 그렇게 굳건한 진실로부터 발돋움한다. 그것은 한 뼘씩 이루어지는 재활이다.

나는 그 자체로
이미 충분한 존재입니다

혹시 제목이 조금 낯간지럽다는 느낌이 드시나요? 아마도 마음을
위로해주는 표현들, 이를테면 "당신은 그 자체로 사랑받을 자격이
있습니다" 같은 말이 넘치는 시대를 살고 있기 때문일지도
모르겠습니다. 그만큼 위로가 필요한 시대라는 것이겠지요. 그러나
다른 한편으로는 오히려, 이전까지의 세상이야말로 마음의 상처에
별로 관심이 없었거나, 마음을 위로하는 일을 사치라고 여겨온 것은
아닐까 싶은 생각도 듭니다.

어쨌든 그러다 보니 어떤 사람들은, 왠지 모르게 따뜻한 냄새가
나는 심리학적 메시지를 공허한 구호 이상으로 느끼지 못하는 것

같기도 합니다. 사실 정신과 의사가 되기 전의 저 역시도 그랬던 것 같아요. 밑도 끝도 없이 충분하다니, 도대체 무엇을 근거로? 당신(?)이 뭘 안다고? 이렇게 말이지요.

그럼에도 불구하고, 이 제목으로 시작할 수밖에 없다고 생각했습니다. 왜냐하면 이 문장은 사실이기 때문이에요. 위로하기 위해 충분하다고 하는 것이 아니라, 충분하기 때문에 충분하다고 하는 것이고, 그게 마침 위로가 되는 것이고요.

우리는 영원한 미완결의 존재이자 잠정적인 존재입니다. 마치 열심히 완결점을 향해 가지만 결국에는 거기에 도달하지 못하는 로그함수의 그래프처럼요. 그것이 우리를 바라보는 하나의 진실입니다. 그런데 또 다른 진실도 있습니다. 우리는 반복되는 기쁨과 슬픔, 그리고 삶의 변화 안에서 균형을 유지해나가려는 존재라는 사실입니다. 이것이 심리학에서 말하는 '충분함'입니다. 충분함은 콘크리트가 꽉 채워져 굳어진 상태를 의미하는 것이 아니라, 강물처럼 모든 순간이 그냥 그 자체로 더할 것도 뺄 것도 없는 상태인 것입니다.

장기적인 치료를 해나가는 사람 역시 변화 속에서 계속해서 균형을 잡아나가는 존재입니다. 졸업으로 표현되는 치료 종결에 대한 바람과, 졸업하지 '못한' 상태라는 인식에서 오는 답답함과 슬픔을 모른 체하거나, "어차피 모든 인간은 다 잠정적이며 또한 충분하다"라는 말로 물타기를 하려는 것도 아닙니다. 다만, 치료가 끝나지 않았다는 사실이 미완결만을 의미하지는 않는다는 점을 말하고 싶은 것입니다. 어떤 이에게는 치료를 마무리하는 것이 더 나은 선택일 수 있고, 또 어떤 이에게는 치료의 지속이 더 적절한 선택일 수 있습니다.

'졸업'하면서 기뻐하고 해방감을 느끼는 것도 물론 가능합니다. 그러나 '공부'를 더 이어가면서 삶을 지속하는 것 역시 가능합니다. 또한 감히 말하건대, 졸업을 한 사람이 하지 않은 사람보다 무조건 더 높은 행복감이나 좋은 삶의 질을 유지하고 있다고 단언할 수 없습니다. 하나도 상관없는 것은 아니지만 완전히 상관 있는 것은 절대로 아닙니다.

그렇다면 어떤 마음가짐이 도움이 될까요? 심플하게 생각하면 좋을 것 같아요. 도달하고자 하는 최종 지점을 "약을 안 먹는 것" 혹은 "병원에 다시는 오지 않는 것"이 아닌, "내가 가능한 한 가장 잘 지낼 수 있는 것"으로 설정하면 좋겠습니다. 그러면 많은 것이 단순해집니다. 2장에서 비슷한 말씀을 드렸지만, 중요하니까 한 번 더 말씀드립니다. 약과 상담은 내가 지금 이 순간 나로서 가장 잘 지내기 위한 수단으로 도움이 되면 이용하고, 더 이상 필요 없어지면 자연스럽게 이별하면 되는 것입니다.

물론 나 자신이 우울증을 치료 중이라는 사실이, 마치 귀 뒤에 있어 신경 쓰지 않아도 되는 작은 점같이 가벼운 정체성을 가졌다는 의미는 결코 아닙니다. 때로는 많이 무겁기도 하고 슬프기도 합니다. 오히려 저는 누군가가 우울증이든 ADHD든, 또는 그 밖의 무엇이든 간에 그것이 자신에게 미치는 영향이 깃털만큼도 되지 않는 것처럼 너무 가볍게 취급하는 느낌이 들면, 무조건 반갑게 여기기보다는 주의 깊게 그 마음을 관찰하고 그 너머의 이유를 생각해보려 합니다. 우울증을 비롯한 심리적 고통은 애초에 대단히 가볍게 취급되기는 어려운 속성이기 때문입니다. 다만 그것이 내 삶의 다른 모든 측면을 다 대체하거나 규정해버리는 속성일 수는 없습니다. 그렇기에 우울증 환자라는 사실을 나의 삶에서, 나의 정체성 목록에서 너무 빨리 몰아내거나 없애버리려 하지는 않았으면 합니다.

우울증으로 치료받는 사람은 주변인의 말에 영향을 받기 쉽습니다. 제가 그동안의 진료 경험을 통해, '우울증 환자를 힘들게 하는 주변인의 말 베스트 10' 같은 것을 꼽아보고 싶다고 생각할 때가 있는데요. 부동의 1위는 "아직도 병원 다녀?"입니다. 2위는 "근데

그 약은 먹어도 괜찮은 거야?"이고요. "의지로 이겨내야지" 같은
표현은 그래도 요즘에는 대놓고는 잘 안 하는 것 같고요. 물론
부모님에게서는 이런 말을 많이 들으시기도 합니다만⋯.

혹시 주변에 약물치료든 상담치료든, 치료를 지속 중인 사람을
두고 있다면 무엇을 해주어야 할지를 고민하기보다는 무엇을 하지
말아야 할지만 기억하시면 좋겠습니다. 'Do no harm(해를 끼치지
마라)'이 낫습니다. 힘듦에 대한 이야기, 치료에 대한 이야기 등을
접할 때 어떤 반응을 보여야 할지 고민이 된다면, '내가
해결해줘야겠다'는 마음을 내려놓고, 필요하다면 언제든 힘이
되어주고 싶다는 표현 정도만 해주세요. 놀라운 섬세함을 타고 나서
상대에게 필요한 돌봄을 딱 맞게, 그것도 상대가 부담을 느끼지
않도록 정확하게 제공하는 사람도 있지만, 그렇지 못한 경우가 훨씬
더 많습니다. 완벽한 공감과 이해, 돌봄을 제공해야 한다는 생각
자체가 스스로에 대한 지나친 기대입니다. 우리 모두는 완벽한
반응을 보일 수도, 보일 필요도 없습니다. 그렇기에 명백한 해로움을
주지 않으려고 하는 것만으로도 우울증을 겪는 당사자에게는 큰
도움이 됩니다.

이제 마무리를 해야겠네요. 얼핏 낯간지러워 보이지만 그냥 삶의

담백한 진실을 나열한 문장을 다시 말씀드리며 마무리하겠습니다.
우리는 어떤 면에서는 늘 잠정적인 존재이지만, 동시에 그 자체로
이미 충분한 존재입니다. 이 사실을 기억하면서 지내시기를
바랍니다.

에필로그

몇 년 전 요가 수업에서 어떤 포즈를 오래 취하다가 갑자기
우울증에 대한 책을 써야겠다는 생각이 들었다. 요가를 하면서 딴
생각을 하지 않는 게 좋다고 하지만 떠오르는 생각을 막을 순
없어 그냥 두었더니 수업이 끝날 즈음에는 목차가 얼추
완성되었다.

그동안 주변에서 비슷한 질문을 계속 들었다. 디테일만 달랐지
내용은 거의 같았다.

나 병원에 가야 할까? 병원이 무서워. 우울증이라는 판정
자체가 두려워. 의사를 만나는 것 자체가 겁나. 약에 중독되면

어떻게 해? 부작용은? 상담으로 이게 해결이 될까? 내가 내 과거를 안다고 뭐가 달라져? 나 그냥 의지로 극복해 볼까 봐.

난 계속 비슷한 답을 했다.

그냥 한 명의 환자로서 일단 가봐. 우울증이 아니면 의사가 돌려보낼 거야. 약 한번 먹어봐. 아니면 말면 되니까. 안 맞으면 바꾸면 돼. 병원도 다른 데 찾으면 되지. 상담 받아보면 달라. 나는 권하고 싶긴 해.

지금도 아마 누군가는 더 우울해지고 있을 것이고 누군가는 좀 괜찮아지고 있을 것이다. 누군가는 나빠지고, 누군가는 자신을 탓하고, 누군가는 미궁에 더욱 깊이 빠진다. 누군가는 다 포기하고 싶다. 나는 누군가였고, 지금도 누군가다. 그리고 나의 오르내림에 작지만 결정적인 힌트를 준 것은 누군가의 작은 한마디였다. 기억도 나지 않는 누군가가 기억도 나지 않는 타이밍에 "그냥 나는 이랬어" 하고 툭 던진 말.

우울증은 상당히 막막해서 바다 위에 둥둥 떠 있는 기분이 들 때가 있다. '예쁜 해변에서 안전하게 튜브 타기'가 아니라 '널빤지 하나에 의존한 표류'에 가깝다. 파도가 크면 큰 대로 작으면 작은 대로 계속 떠 있어야 한다. 해안에 도착했다 싶다가도 다시 바다

한가운데로 돌아간다. 우울증 환자에게 자주 일어나는 일이다.
그건 지긋지긋하지만 동시에 역설적으로 안도감을 줄 수 있다.
'좌초한다'는 어딘가에 다다를 수도 있다는 말이다. 살면서 누가
좌초하지 않겠는가? 꼭 우울증이 아니라고 해도.

내가 붙잡고 있던 널빤지는 이런 말들이었다. "괜찮아, 원래
그래." "그럼 뭐 어때?" 그런 지극히 평범한 말이 공명하는
순간이 있다. 그건 아마도 누군가가 던져준 애정일 것이다.
그래서 나도 내 방식대로 허공에 애정을 던져보기로 했다. 그것이
이 책이다.

옛날 사람들은 밤에 길을 잃었을 때 밤하늘의 별을 보고 방향을
잡았다고 했다. 내가 현재 어디에 있는지, 이제 어디로 가야
하는지 별자리를 보고 정하는 것이다. 저쪽이 북쪽이구나. 그럼
저쪽이 남쪽이네. 따뜻한 남쪽으로 걸어가볼까? 힘들게 발을
떼야 하는 건 나 자신이지만, 누구도 나를 구해주지 않고 대신
다리를 움직여주지도 않지만 그래도 별을 보고 방향을 잡는
순간은 조금 덜 외로울 것이라 생각한다. 그건 먼저 겪은
누군가가 언젠가의 당신을 위해 미리 달아둔 별이기 때문이다.

당신도 나도 계속 오르내릴 것이다. 하지만 누군가의 도움을
받아 스스로 일어날 때가 있다. 그것은 작은 기적이다. 나는

하늘의 별을 보고 걸어왔다. 그 별, 아주 작은 충고나 호의,
그리고 이해가 날 계속 걷게 했다. 그래서 보잘것없는 걸음이라도
나는 자랑스럽다.

읽어주셔서 감사합니다.

오지은 올림

11년 차 환자와 정신과 의사의 허심탄회한 대화

11년 차 우울증 환자 오지은은 반유화의 책 《여자들을 위한 심리학》을 보고 꼭 한번 만나고 싶다고 생각했다. 여자의 입장에서 마음을 얘기하는 사람이 있다니! 둘은 예정된 시간을 훨씬 넘겨 수다를 이어갔다. 진료실에서 환자가 의사에게 묻지 못했던 질문을, 또 의사 입장에서 환자에게 전하기 어려웠던 이야기를 실컷 나누었던 세 시간의 기록.

오지은(이하 오)　안녕하세요, 선생님! 드디어 뵙네요! 이번
　　　　　　　 책으로 선생님과 함께하게 되어 영광입니다.

반유화(이하 반)　저도 먼 발치에서 작가님을 바라보던
　　　　　　　 사람으로서 이 자리가 참 영광입니다. 함께할
　　　　　　　 수 있어 기뻐요!

오　선생님이 하시는 활동 다(?) 지켜봤습니다. 진짜로요.
　　그냥 하는 얘기가 아니고요. 하하.《여자들을 위한
　　심리학》과《출근길 심리학》은 그 분야의 권위자로서
　　집필한 책인데도 먼 이야기로 느껴지지 않아서 정말
　　좋았거든요.

반　아이고, 권위자라뇨.

오　선생님, 이만큼 하셨는데 권위가 안 생기면 그게 더
　　이상하죠!

반　좋게 읽어주셔서 감사합니다. 하하.

오　제 마음속 베스트셀러입니다. 쓰신 책에서 좋았던 점을
　　얘기해도 될까요? 정병 환자들은 "그거, 네가 아플 만한

이유가 있어서 그래" 하고 얘기해주는 것만으로도 반쯤
구원받는단 말이죠. 선생님께서 책을 통해 그런 말씀을
전해주셨다고 생각해요. 특히 여자들의 관점에서요. "네가
유별나고, 너무 깊이 생각하는 편일 수도 있어. 그런데
실은 의학적으로, 사회적으로 이러이러한 이유가 있어서
그런 거야. 다른 사람들도 그래. 나는 그런 사람을 많이
봤어." 이런 이야기를 듣는 것만으로도 그 병의 무게가
조금 가벼워지는 느낌이 들어요. 그래서 언젠가 선생님께
우울증이나 정신건강의학과에 대한 이야기를 들으면
좋겠다고 생각했거든요. 그런데 이 책으로 함께하게
되어서 정말 기뻤어요.

반 감사합니다. 저도 감명을 주는 음악과 글을 사람들에게
나누어주신 작가님과 함께할 수 있어서 참 좋습니다. 좋은
것들이 너무 많아 다 열거하지는 않겠습니다만, 하하.
이번에 작업하면서 작가님의 원고를 제가 먼저
읽었잖아요. 각 장마다 들어가는 '처방전'을 쓰면서
'작가님이 이미 중요한 이야기를 잘 해주셔서 덧붙일 말이
많이 필요하지 않겠다'는 생각이 들 만큼, 꽉 찬 글이라고
생각했어요.

오 그랬다면 정말 다행이네요. 혹시 틀린 부분이 있을까

걱정했거든요.

반 아니에요. 저는 원고를 읽으며 '작가님이 많은 정보를
찾아보고 깊이 고민하시면서 쓰셨구나' 생각했는걸요.

오 처음 온라인 채널에서 연재를 시작했을 때, 많은 분이
우울증 이야기를 환자 입장에서 읽으면 좋겠다고
생각하며 썼거든요. 환자가 전하는 우울증 이야기가
독자들에게 좀 더 와닿을 수 있지 않을까 싶어서요. 그래도
의심이 계속 있었어요. '내가 하는 말이 맞을까?' 또는
'내가 감히 약이나 기전에 대해 말해도 될까? 의사도 아닌
사람이 세로토닌이나 자낙스에 대해 얘기해도 되나?'
하는 의심이요. 선생님께서 그렇게 말씀해주시니 정말
다행이라는 생각이 들어요.

환자는 이런 게 어렵고 의사는 또 이런 게 어렵습니다

오 오래 정신과에 다니며 의사 선생님과 상담 선생님 여럿을
뵈었는데요. 아마 이 책을 읽은 독자들은 많이
공감하겠지만, 환자들이 은근히 의사나 상담사의 눈치를
본다고 생각하거든요. 선생님은 어떻게 생각하세요?

환자들의 그런 경향을 알고 계셨나요?

반　저도 그 마음을 모르지 않죠.

오　아시는구나! 책에서 정형외과 비유를 많이 들었잖아요.
같은 병원인데도 사실 정형외과라면 다를 것 같단 말이죠.
의사 반응이 싸늘해도 '지금 이 의사가 되게 냉철하게 내
척추를 보고 있구나' 할 것 같고. 그런데 정신과 의사가
조금만 차가운 태도를 보이면 환자가 큰 상처를 받곤 해요.
우울증이 '마음의 감기'라는 말도 있지만 사실은 감기
치료를 받으러 내과에 가는 것과 정신과에 가는 것은 너무
다른 일이에요. 환자들에게는 정신과에서 나를 이해받고
싶은 마음이, 의사가 '우쭈쭈' 해주며 보듬어주기를
바라는 마음이 조금은 있는 것 같아요. 그런데 막상 의사의
반응이 그렇지 않으면 개복치는 쇼크를 크게 받는 거죠.

반　생각한 것과 너무 다르니까요.

오　그렇죠. 사실 의사의 그런 중립적인 태도가 프로페셔널한
모습일 수도 있고, 내가 오늘 본 오십 번째 환자여서 그냥
육체적으로 피곤한 걸 수도 있는데 마치 나 때문에
피곤해진 것 같고. 하하. 의사에게 판단당하는 느낌이

싫다는 글도 종종 보는데, 사실 의사가 진단하려면 나를
판단하는 게 맞잖아요. 정형외과에 다녀와서 '의사가 내
척추를 판단하는 느낌이 들어서 싫었어' 하고 생각하지는
않으니까요. 그런데 정신과에서는 내 마음이 나라는
인격과 연결되는 느낌 때문에 발을 뒤로 빼는 경우도 있는
것 같아요. 안 그래도 문턱을 넘기 힘든 곳인데.

반   이 이야기를 하려면 현재 한국의 진료 환경에 대해서도
설명할 필요가 있어요. 의사의 진료 스타일마다 또
병원마다 진료 시간이나 형식이 많이 다른데요. 작가님이
받으신 치료는 대체로 어땠나요?

오   대학병원은 5분에서 10분 정도 진료를 보았고요. 개인
병원도 그러는데, 현재 다니고 있는 병원은 오히려 3분
정도로 짧을 때도 있어요. 저는 그게 싫진 않고요.

반   그렇군요. 진료 시간이 길거나 짧은 것 중 뭐가 더 좋다
혹은 나쁘다라고 말하기는 어려운데요. 다만 현대 의학의
관점에서 이야기를 풀어나가야 할 것 같아요.

오   이 얘기, 재미있겠는데요.

반 현대 의학에서 특히 약물치료는 굉장히 표준화된
치료예요. 표준화가 무슨 뜻이냐면, 전국 어디에 있는
병원을 가서도 비슷한 체계로 약물치료를 받을 수 있다는
말이에요. 정신과 치료는 '약물치료'로 대표되는 생물학적
치료와, '상담치료'라는 비생물학적 치료로 진행되는데요.
사실 상담의 경우, 어느 정도의 공통된 합의가 있기는
하지만 특성상 표준화가 상대적으로 굉장히 어려운
분야거든요. 그래서 한국의 의료 현실에 더해 의사 개인의
진료 스타일에 따라 진료 방식의 베리에이션, 다시 말해 그
변화의 정도가 굉장히 커지죠. 진료 시간을 들어보니
작가님은 병원에서 긴 상담치료를 받기는 어려우셨던 것
같아요.

오 네, 맞아요. 작년부터는 상담치료를 시작했고요.

반 그렇군요. 대학병원은 예약제일 테고요. 개인병원의
진료는 당일 접수가 가능한 경우가 있고 그게 아니면
예약제로 진행되는데, 어떤가요?

오 지금 다니는 동네 병원은 진료 시간 안에 가면 당일이라도
거의 진료를 받을 수 있어요.

반　　그렇군요. 사실 이것도 일반화하기는 어려운
　　　이야기이지만 그래도 조금 거칠게 나눠서 설명을
　　　드려볼게요. 병원 종류마다 장단점이 있어요. 길지 않은
　　　진료에 대해 먼저 말씀드릴게요. 그것의 장점은 상급
　　　병원이 아니라면 보통 당일 진료를 볼 수가 있어요. 그건
　　　내가 힘들 때, 빠른 진료와 처방을 원할 때 언제든 내원할
　　　수 있다는 얘기죠. 예를 들어볼게요. 내가 약을
　　　처방받았지만 사흘 뒤에 잠을 못 자게 되었다면 쉽게
　　　내원해서 다시 진료를 볼 수 있는 거죠. 병원에서 대기를
　　　해야 할 수는 있지만 그래도 내가 원하면 언제든지 갈 수
　　　있고요.

오　　네, 그게 마음을 엄청 편하게 해요.

반　　그렇죠. 어떻게 보면 환자 입장에서 자신의 증상을 더
　　　유연하게 컨트롤할 수 있으니까요. 다만 시간이 넉넉하지
　　　않으니 충분한 시간 동안 상담을 하는 데는 한계가 있어요.
　　　제가 있는 병원의 경우는 진료가 예약제로 운영되고 저는
　　　기본적으로는 30~40분 단위로 상담치료와 약물치료를
　　　해요. 상담치료만 하기도 하고요.

오　　안 그래도 선생님이 그런 방식으로 진료한다는 것을 알고

놀랐거든요. 그런 경우가 있다는 걸 장기 우울증 환자인 저도 잘 몰랐습니다.

반   네, 아무래도 더 적은 수의 병원에서 하는 진료 방식이라 모르셨을 수도 있어요. 제가 하는 방식의 진료 역시 장단점이 있어요. 개인별로 비교적 충분한 진료 시간이 보장되기 때문에 시간에 덜 쫓기면서 세밀히 상담을 할 수 있어요. 다만 진료비가 더 많이 발생하고요. 무엇보다 당일에 바로 진료받기 어려울 때가 많습니다.

오   갑자기 상태가 나빠져도 다니던 병원에 갈 수가 없는 거네요.

반   물론 당일 진료가 무조건 불가능한 것은 아니지만, 진료를 100퍼센트 받을 수 있다는 보장을 드리기는 어려워요. 그래서 저의 경우는, 수시로 급하게 진료가 필요하다고 판단되는 경우에는 당일 진료가 더 용이한 병원에 내원하시기를 추천하기도 합니다.

오   그럴 땐 환자 입장에서도 빠르게 대응해야 하니까요.

반   맞아요. 환자에게 갑작스러운 변화가 너무 자주 일어나는 시기라면 대응을 수시로 할 수 있는 쪽이 좋죠.

오 제가 대학병원에 다닐 때 진료 시간을 넉넉하게 가질 수
있던 때는 아마도 제 뒤의 환자가 예약을 취소했거나
지각했거나… 그런 때였을 거예요. 하하. 책에도 쓴
체크리스트 항목을 다 얘기하고도 여유가 조금 있다 싶을
땐 의사 선생님이 습관이나 길게 지속되는 증상에 대해
조금 더 깊은 얘기를 해주셨어요. 짧은 말씀이었지만 꽤나
기억에 남아서 오래 생각해보고 천천히 적용하기도
했고요. 생활에 루틴이 있으면 좋다든가, 일상이
단순해지면 좋다든가 하는…. 이런 진료가 큰 도움이
되었지만 매번 기대할 수는 없다고 생각해요. 정말
예약으로 빽빽하니까요.

반 대학병원은 정말 예약 환자가 많죠.

오 조금이라도 진료 시간이 길어진다 싶으면 복도에서
대기하는 다른 환자들 보기 정말 민망해져요. 그래서
적당한 시간에 딱 끊고 절 돌려보내는 의사 선생님에게
상처받지 않았어요. 오히려 그 스킬에 감탄하곤 했는데요.
하지만 병원에 처음 간 환자들은 어떤 얘기를 해야
하는지도 모르거든요. 막막한 마음에 용기를 내서 의사

앞에 딱 갔는데 예상한 것보다 짧게 진료를 받게 되는
거죠. 환자는 약점을 드러내기만 했다는 기분을 느낄 수도
있고요. 개복치 중 개복치인 상태의 환자는 의사에게
공감을 받을 수 있을 거란 기대로 갔다가 큰 상처를 받는
거예요.

반 그런 마음이 너무너무 이해가 가요. 그래서 '정신과
의사한테 가서 상담을 기대하지 마세요'라는 내용의 SNS
글을 보면 조금 마음이 복잡해져요. 그렇게 병원에 간
환자의 마음을 모르지 않아서요.

오 우리 환자들이 참 작은 일에도 상처를 많이 받거든요.
하하.

반 그런 경험을 하다 보면 스스로를 보호하기 위해 '병원 가서
상담을 기대하지 말자'고 마음먹게 되죠. 상처받고 싶지
않으니까요. 드리고 싶은 말씀은 더 많지만, 의료
현실이라든가 너무 다른 주제의 복잡한 얘기로 진행될 것
같아서 아쉽지만 이 정도로만 말씀을 드릴게요. 다만 진료
시간이 짧다고 해서 진료의 퀄리티가 낮은 건 아니라는
점은 꼭 알아주셨으면 좋겠어요.

오   그건 정말 그래요. 왜냐하면 제가 그러한 진료 방식 덕분에
많은 도움을 받은 케이스거든요. 진료를 잘 보시는 의사가
한 환자당 진료 시간을 짧게 잡은 덕분에 저를 포함한 많은
환자가 그분의 도움을 받을 수 있잖아요. 10분에 한
명으로 잡으면 한 시간에 여섯 명의 예약 자리가 생기는
거니까요. 게다가 문제가 생기면 당일에 병원을 갈 수도
있고요. 참 감사한 일이죠. '정신과에서 상담을 기대하지
말라'라는 말은 아마도 상담센터와 정신건강의학병원의
구분, 개인병원과 대학병원의 차이, 또 수많은 의사들의
진료 스타일 차이에 대한 정보가 대중에게 막 퍼지는
단계여서 그런 것 같아요. 빨리 그 차이를 알고 싶으니까,
딱 떨어지는데 구멍은 좀 있는 말이 퍼지는 것 아닐까요.

반   그런 것 같아요. 지금까지 말씀드린 것처럼 정신과는
의사의 스타일과 상황에 따라 진료 방식이 굉장히
다양하고, 특히 비약물적 치료인 상담은 그보다 더해서
환자 입장에서 좀 막막할 수 있어요. 그래서 제가
권해드리는 방법은 병원에 예약제인지 아닌지, 그리고
진료 시간은 대략 어느 정도 되는지 문의하는 거예요.

오   오, 대박. 그걸 미리 물어볼 수 있군요.

반   물론 병원에 따라, 각 환자의 상태에 따라 많이 다를
     거예요. 예약제라 해도 진료는 길게 안 할 수 있고, 당일
     접수로 진료하지만 더 길게 할 수도 있고요. 그래서 이
     방법이 최선이라고는 말하기 어렵지만, 지금 상황에서는
     대안이 될 수 있을 것 같아요.

오   그런 방법이라면 환자가 자기가 원하는 치료 방식의
     병원을 미리 탐색할 수 있겠네요. 그러고 보니 얼마 전
     동네에 있는 한 정신과에 예약 문의를 했거든요. 그때 진료
     시간을 미리 말씀해주셨는데, 한 환자당 20~30분을
     기준으로 한다고 하시더라고요. 증상에 대해 좀 더 많은
     얘기를 나누면 좋겠다 싶은 경우에 그 병원으로 옮기는
     것도 방법이겠어요. 필요에 따라 나에게 맞는 병원을 찾는
     건 정말 좋은 꿀팁이네요. 별표를 빡빡 그렸습니다.

반   그렇다면 너무 다행이에요!

오   이런 걸 물어볼 데가 정말 없거든요. 정신과 의사
     선생님한테 "그런데 선생님은 왜 진료를 5분만
     보세요?"라고 질문할 수는 없잖아요. 오늘 여기 오기 전에
     결심했어요. 10년 넘게 정신과에 다녔어도 물어보지
     못했던 것들 전부 물어보겠다고요.

반   많이 물어보세요! 저도 그러려고 합니다.

오   너무 좋아서 지금 코에 땀이 나네요!

반   하하. 모르는 거 빼고 다 알려드릴게요.

오   각오하십시오.

우울증, 이제는 쉽고 빠르게 정보를 얻을 수 있죠

반   참, 작가님께 이걸 꼭 묻고 싶었어요. 정신과에 대한
       정보를 작가님이나 다른 환자분들은 보통 어디서
       얻는지에 대해서요. 책에서 설명해주셨지만, 처음 병원을
       찾을 때 검색해서 나온 동네 병원 중에 이름이 제일 예뻐
       보이는 곳으로 가셨다고 하셨죠.

오   맞아요! 여기서 밝힐 수는 없지만, 이름이 참 예뻤습니다.
       하하. 사실 정신과는 리뷰가 거의 없는 편이라, 이름에
       의존할 때가 많은 것 같아요. 병원 이름에는 의사 선생님의
       아이덴티티, 정체성이 들어가잖아요.

반   그렇죠.

오   '이런 단어를 병원이나 상담센터 이름에 넣는 사람은 어떤
     사람일까?' 하는 기대감이 생겨요. 예를 들어 '여름
     상담센터'라고 하면, 센터 이름에 여름이라는 계절을 넣는
     사람은 어떤 사람일까, 나랑 잘 맞을까 아닐까 생각해보게
     되고요. 무슨 성명학 같지만요. 하하. 그런데 진짜 이름에
     그 분위기가 드러나는 것 같아요. 사실 지금 다니는 병원은
     집에서 제일 가까운 곳인데요. 운이 좋게도 저와 잘 맞아서
     쭉 다니고 있지만 제게 새로운 동네로 가서 병원 찾기를 맨
     처음부터 다시 시작하라고 하면 또 막막할 것 같아요.
     심지어 처음 정신과에 내원하는 경우라면 더욱 그럴
     거예요. 어디서 어떻게 시작해야 할지 몰라 답답하겠죠.

반   제게 진료받으러 오시는 분들께도 같은 질문을 여쭤보곤
     하거든요. 아무래도 저는 직장인이 많은 시내에 있다
     보니까 직장이 병원과 가까운 분들이 많고 때론 제 책을
     읽고 오신 분들도 있는데요. 그밖에 병원 이름에 대해
     호감을 가지고 오시는 분들이 종종 있어요. 그래도
     최근에는 사회 분위기가 많이 달라져서 그런지
     포털사이트의 지도 서비스에 후기를 쓰는 경우가
     늘었더라고요.

오 맞아요. 확실히 늘었어요. 아직도 내과나 정형외과에
비하면 현저히 적지만요. 하하. 자꾸 정형외과 얘기를
하게 되네요. 허리를 삐끗해서 동네 정형외과를 찾을 때는
이렇게까지 생각을 많이 하진 않잖아요. 지도 앱에
'정형외과' 이렇게 넣은 다음에 후기 쭉 읽고 "의사
선생님이 꼼꼼하게 봐주세요"라고 하면 혹하고,
"너무너무 차가워요" 그러면 또 다른 병원 봤다가….
정신과는 리뷰도 적은데 후기도 대체로 짧잖아요.
"좋아요", "계속 다니고 있어요", "선생님이 잘
들어주세요"처럼요. 대기가 길고 유명한 병원에 운 좋게
예약이 되었다고 해도 나한테 100퍼센트 잘 맞으리라는
보장이 없으니까요. 여기는 잠시 다니다가 말 병원이 아닐
수도 있으니까, 때에 따라서 선생님을 상당히 오래 봐야
하기도 하고요.

반 맞아요. 그런 면에서 정신과 진료를 받는 분들이 쓴
에세이가 그런 갈증을 좀 해소해주는 역할을 하지 않았나
싶어요. 《죽고 싶지만 떡볶이는 먹고 싶어》*라는
베스트셀러가 2018년에 출간됐는데, 이때부터 정신과

* 백세희, 흔, 2018.6.10.

환자의 수기가 많이 나오기 시작했던 것 같아요. 비슷한 시기에 나온 책이 《정신과는 후기를 남기지 않는다》인데, 떡볶이 책도 그렇고 제목 장인이 많으시구나 하는 생각이 들었어요. 현실을 너무 잘 반영했죠.

오   저도 그 제목에 정말 공감했어요.

반   사실 다들 어떤 식으로 자신의 병이나 병원 정보를 공유하는지 궁금했어요. 환자분들의 이야기를 들어보면 가까워서 오게 되거나 직접 이 병원 저 병원을 경험해보다 오시는 경우가 많았어요. 그러다 이제는 온라인이든 오프라인이든 병원에 대한 정보를 적극적으로 주고받고 소개도 하는 식으로 많이 변했다는 걸 느껴요. 커뮤니티를 통해 퀴어프렌들리 여부를 공유하기도 하고요. 나의 성적지향 등이 진단이나 치료에 걸림돌이 되지 않는 곳인지를 미리 확인하고 싶으니까요.

오   그런 점도 중요하죠. 내가 이해받을 수 있는지 아닌지는 진짜 중요한 요소니까요. 우울증에 대한 사회 분위기가 바뀐 걸 확실히 느끼는데요. 제가 《익숙한 새벽 세 시》라는 책을 낸 게 2016년이었는데, 그때는 본격적으로 우울증이나 정신질환에 대한 책들이 나오기 전이었어요.

반   너무 잘 알죠!

오   아이고, 감사합니다. 하하. 부끄럽네요. 그 책은 우울증만
      다루고 있는 건 아니지만, 중반부부터 제가 정신과에
      다니기 시작한 이야기가 나오거든요. 남 얘기처럼
      요약하자면 '나는 왜 이렇게 우울할까? 너무 우울해.
      그런데 병원에 갔더니 내 상태가 이렇다고 하네?' 하면서
      30대 중반의 여성이 우울함을 마주하게 되는
      이야기인데요. 출간 전 출판사에서 내부 평가를
      하잖아요? 그런데 예상보다 내용이 너무 어둡다는 얘기가
      있던 거예요. 추측해보자면 홍대, 여자, 뮤지션… 뭐 그런
      키워드에서 쉽게 떠오르는 어떤 이미지보다 더 어두웠기
      때문이겠죠? 그런데 저는 우울증에 대한 이야기를 책에 꼭
      넣고 싶었거든요. 저 같은 사람이 분명 많을 테니까요.
      그래서 '이 내용이 꼭 들어가야 한다'고 설득했어요. 못
      고치겠다고 버틴 거죠. 그렇게 출간됐는데, 책이 기대했던
      것보다 더 많이 팔린 거예요.

반   시대를 앞서가는…!

오   으하하. 아무튼 그 결과에 출판사 측에서 놀랐던 걸로 알고
      있어요. 우울증에 대한 이야기를 이제 대중이 꺼리지

않는구나, 하고. 사회가 그전보다 우울증을 더 받아들이게 된 거죠. 제가 책을 3년 정도 늦게 냈어야 했는데!

반   당시에는 후기나 정보가 잘 공유되지 못하던 때니까 많은 분들에게 굉장히 신선하게(?) 다가가는 책이었을 것 같아요. '나의 허리디스크 수기' 이런 건 잘 안 쓰잖아요.

오   사실 개인적으로는 병원에 너무 늦게 갔다고 생각하거든요. 30대 중반에 갔으니까요. 당시엔 정신과나 우울증에 대한 편견이 아직 높았을 때라 진짜 암거래하듯이 얘기하곤 했어요. "야, 정신과 가봐. 생각보다 괜찮아." 제가 병원에 다닌다는 얘기를 듣고 다니지 말라고 충고하는 친구들도 많았고요. 그나저나 자꾸 정형외과 예시를 들게 되네요? 허리디스크, 이런 예시가 되게 간편하지 않나요?

반   맞아요, 하하. 본문에도 골절을 예로 들어서 설명하셨잖아요.

오   그러게요. 아무튼 정보는 중요한 것 같아요. 정보가 많으면 결정도 빨라지고, 그럼 증세가 덜 심할 때 빨리 병원에 갈 수도 있잖아요.

반 그렇죠. 요즘은 많이 나아지긴 했지만, 여전히 환자가
   정신과에 내원하는 건 어려운 부분이 없지 않고요. 작가님
   주변에서도 많이 물어볼 것 같아요.

오 제가 선구자여서…. 하하. 살다가 어느 날
   '쎄함(싸늘함)'을 느낀 예술인들이, 아니다, 회사원
   친구들도 "너 병원 다닌다며?" 하고 많이들 물어봤죠.
   제가 병원 많이 보냈습니다.

반 아무래도 우울증과 병원 다닌 이야기를 책에 써주셔서
   주변에서도 '내가 물어봐도 괜찮겠지?'라고 생각했을 것
   같아요.

오 아, 말씀하시니까 생각났어요. 그러고 보니《익숙한 새벽
   세 시》를 낸 후에 독자 편지를 정말 많이 받았네요. 사실
   저는 진짜 너무 힘들고 갑갑해서 그 마음을 글로 썼을
   뿐이거든요. 제게 지금 가장 중요한 '무언가'이니까
   누군가에게도 중요하겠지 하는 막연한 신념과 함께요.
   하지만 실체는 없는 신념이었지요. 그런데 "언니 책 보고
   정신과에 가서 지금은 다닌 지 4년 차예요. 고마워요"
   이런 편지를 받고 그때 제게도 실체가 생겼어요. 진짜로
   누군가가 이걸 읽고 변화가 만들어졌구나, 쓸모가

있었구나, 하고요. 이분들에게는 나의 사례가 내원의
계기가 되었구나, 하는 생각이 뒤늦게 들었죠. 오히려
출간할 때는 뭐가 뭔지 잘 몰랐고요.

반   많은 독자가 작가님의 책을 통해 나의 증상에 대해 알고자
하는 욕구를 깨닫고, 치료의 필요성을 느끼고 또 용기도
냈을 거예요.

오   그렇다면 너무 다행입니다. 그게 또 저의 인세로
환원된다는 게 얼마나 좋은 일인가요. 사익을 추구했을
뿐인데….

반   공익마저 달성!

오   그런 기회가 정말 흔치 않거든요.

우울감과 우울증을 이해하는 또 다른 방법

오   책에서 우울증과 우울감을 구분하는 얘기를 하고
있는데요. 선생님께서 책을 감수하면서 이 부분을
살펴봐주셨지만, 이러한 구분에 대해 좀 더 이야기를 듣고

싶어요. 사실 이 부분을 쓰면서 제가 너무 주제넘었나 싶었거든요. 환자가 자기를 이해하기 위해서 본인의 증상을 탐구하려고 노력하는 건 되게 좋은 일이잖아요. 그런데 자신이 우울증인지, 병원에 가야 할지 말지를 고민하는 이에게 다른 환자가 "너 그거 우울증이야" 혹은 "너 그거 우울증 아니고 우울감이야"라고 말하기는 좀 어렵지 않나 싶고…. 그런데 10년 동안 제 친구들로부터 "우울한데 나 우울증일까? 그냥 잠시 기분이 다운된 것 아닐까?"라는 질문을 정말 많이 들었거든요. 그럴수록 우울증과 우울감의 구분에 대해 더 명확하게 알고 싶다는 생각이 들었어요.

반 사실 정신과의 어려운 점은, 질환이 아닌 현상과 질환은 스펙트럼의 형태로 존재한다는 거예요. 연속선상에 있는 거죠.

오 스펙트럼이라는 개념이, 그러니까 흰색, 검은색 이렇게 딱 구분되는 게 아니라 흰색과 검은색 사이에 수많은 색이 있는 것처럼 우울증 또한 그런 거라고 이해하면 되겠죠?

반 네, 맞아요. 흰색에서 시작해서 쭉 가다가 서서히 회색이 되고, 또 거기서 계속 가면 어느새 검은색이 되어 있는 거죠. 즉, 슬픔에서 시작해서 우울감이 되고, 또 그것이 우울증에 이르는 거죠. 그러다 보니 무 자르듯 나누기 어려운 부분이 분명 있어요. 의학적 진단 기준에서는 우울감이 2주 이상 지속되면서 다른 몇 가지 조건을 충족하면 우울증이라고 하기는 해요. 이렇게 기준이 명확히 명문화되어 있기는 하지만, 실제로 한 개인을 보다 보면 '13일간 우울감이 있었으니 우울증이 아니야'라고 말하기는 또 어렵거든요.

오   그렇네요. 참 미묘한 부분이군요.

반   그렇죠. 또 그럼에도 불구하고 어떤 색은 더 까만 쪽에 가깝고 어떤 색은 흰 쪽에 가까운 것처럼, 회색지대 안에서도 분명히 구분되는 무언가는 있어요. 결론적으로는 정신의학에서의 많은 현상이 병과 병 아닌 것의 연속선상에 위치해 있다, 정도로 정리하고 또 이어서 말씀을 드릴게요. 뭔가 정신의학 설명회 같네요. 하하.

오   그러니까요. 그런데 저는 환자 입장에서 그런 이야기를 듣고 싶어요. 왜냐하면 저야말로 정신의학의 영향을 많이 받고 산 사람이니까요. 치료를 받고 몸에 약물을 넣으면서 실제적으로요. 하하. 다른 노력도 물론 있었지만 그래도

정신과 덕분이 커요. 이제 노트북을 열어 글도 쓸 수 있게
됐고, 여러 면에서 사람 구실도 하며 살 수 있게 됐고….
그래서 초코파이 놓고 호객하면서 같이 설명회 열고
싶어요.

반 마침 저희 테이블에는 마가렛트가 있어요.

오 조금 이따 커피도 한 잔 더 내려오죠. 같이 먹으면
맛있으니까!

반 약간 당 떨어질 시간인가 봐요. 하하. 그러고 보니
생각나는 게 있어요. 작가님 원고를 정말 너무 재밌게
읽었는데, 제가 제일 마음에 들었던 부분이 어딘지
아세요?

오 헉. 어딘가요?

반 의사가 "단 거 당기세요, 짠 거 당기세요?" 했을 때,
"단짠단짠인데요"라고 말한 부분이요.

오 푸하하! 의외네요.

반 이 책 한 줄 한 줄 다 너무 주옥 같지만, 진짜 최고의
문장은 그거였어요. '와, 어떻게 이런 멋진 대답을 하실
수가 있지?'라고 생각했어요.

오 선생님이 재밌게 읽어주신 거네요. 너무 다행이다.

반 카카오톡에서처럼 문단마다 하트 표시 누르면서 '좋아요'
하고 싶었는데 그러지 못해 진짜 아쉽다고 생각하면서
읽었거든요. 그런데 통틀어서 여러 의미에서 최고의 한
줄을 뽑자면 그거였어요. 인생이 또 단짠단짠이잖아요. 이
책의 주제의식이 이 문장 아닐까 싶을 정도로. 아, 제가
너무 나갔네요.

오 그렇잖아요? 언제는 몽쉘 먹고 싶을 수도 있고 언제는
포카칩 먹고 싶을 수도 있지.

반 그럼요. 그리고 한 번에 둘 다 먹고 싶기도 하고요.

오 맞네, 그쪽이 더 진리네요. 아무튼 선생님이 재밌게
읽으셨다니, 너무 좋아요. 실은 이 책으로 좀 웃기고
싶었거든요. 갑갑한 얘기가 너무 계속되니까 독자들이
잔소리처럼 느낄까 봐. 그래서 쓰면서 "아니, 그게 아니고

그냥 내가 웃긴 얘기해줄까?" 이런 느낌으로 쓰고
싶었어요.

반 책 중간중간, 그런 긴장이 해소되는 재밌는 이야기가
    있어서 정말 좋았어요!

오 아, 너무 기쁩니다.

반 다시 하던 이야기를 이어나가 볼게요. 우리는 어떤 일이
    생기는 바람에 슬플 수 있거든요. 사랑하는 사람과의
    헤어짐이나 내가 키우는 반려동물의 죽음 같은 일이
    있으면 슬픔과 우울을 느낄 수 있어요. 이유가 있는 거죠.

오 반려동물의 죽음… 너무 슬프고 우울하고 일상생활이 안
    되겠죠.

반 네, 정말 그렇죠. 그런 상황에서 감정을 느끼는 것에
    그치는 게 아니라 어떤 뚜렷한 신체 증상이 지속적으로
    같이 동반된다면, 그것은 치료로 접근할 필요가 있는
    우울증을 암시하는 하나의 예가 될 수 있어요.

오 아, 신체 증상이요.

반   네. 물론 충격적인 일을 겪고 나서 얼마 안 됐을 때는 그럴
    수 있지만, 꾸준히 일관되게 신체 증상이 나타날 때는 잘
    살펴봐야 하죠. 심한 두근거림이 있거나 특정 부위에서
    원인 모를 통증을 계속 느낀다거나 할 때는 고통의 신호가
    비언어적으로 표현되는 것일 수 있죠. 그 밖에는 죽음과
    연관된 생각이 들 수도 있어요. '차라리 죽는 게 낫겠다'고
    생각하거나 작은 일에도 죽음을 연결할 때가 그렇죠. 이런
    경우는 면밀히 살펴봐야 해요. 그리고 감정이라는 방에서
    부정적인 감정의 비중이 너무나 큰 나머지, 다른 종류의
    감정은 발 디딜 자리가 없을 때가 많아요. 그래서 슬픈
    상황일 땐 슬프고 웃긴 상황일 땐 웃고 행복할 때
    행복해하면서 여러 감정을 그 상황에 맞게 느끼는
    경우에는 그래도 감정의 방에 여러 감정들이 어느 정도
    공간을 확보하고 있는 상황이기 때문에 확률적으로
    치료가 필요하지 않을 수 있어요. 그런데 이런 이야기는
    오해가 될까 봐 조심스럽기는 해요. 실제로 병원을 다니는
    분들 중에는 '죽고 싶은데 왜 떡볶이가 먹고 싶지?'
    생각하면서 자책하시는 경우도 있어서요.

오   정말 그 제목… 명언이죠.

반   '실은 나는 우울증이 아닌데, 내가 아무것도 안 하고 있는

상태를 합리화하기 위해 우울증이라는 방패를 사용하는
건가?' 하면서 많이들 괴로워하세요. 그래서 제
입장에서는 우울감과 우울증의 차이를 말씀드릴 때 이런
부분이 조금 염려되기는 해요. 실제로 우울증을 가진 분이
'나는 특별한 신체 증상도 없고 웃긴 상황에서는 웃기도
하니까 우울증이 아니네'라고 생각하실 수도 있으니까요.
그래서 결론적으로는, 그 상황에 맞는 감정을 적당히
느끼는 경우는 확률적으로, 그리고 경향적으로 우울증이
아닐 가능성이 있다, 그러나 무조건 그런 것은 결코 아니다
정도로 말씀드리고 싶어요.

오　　그렇다면 역시 지금 이것이 우울감인지 우울증인지
　　스스로 무 자르듯 판단하려고 하지 말고, '지금 나는 이런
　　신체적인 증상이 있네, 이런 경향이 있네' 정도만
　　체크하고 병원에 가야겠네요. 정신의학계에, 오랫동안
　　이런저런 과정을 거쳐 날을 갈고 닦아온 그 시스템에 이
　　몸을 한번 던져보는 것이….

반　　네. 그렇게 권하고 싶어요. 그리고 우울감이라는 표현에
　　대해서도 말씀드리고 싶은 게 있는데요. 정신의학 용어는
　　사실 일상에서도 많이 쓰여서 헷갈리기가 쉽거든요. 앞서
　　말씀드렸듯 일반적으로 우울감이 2주 이상 지속될 때

우울증으로 진단해요. 그런데 일상에서는 "나 우울해"라는 얘기를 자주 쓰잖아요. 그러다 보니 자신의 상태를 더 헷갈리실 수 있을 것 같아요. 우리가 일상적으로 가볍게 말하는 "나 우울해"는 정신의학적 용어로 수정해서 표현하면 "나 슬퍼" 정도가 될 수 있을 거예요. 왜냐하면 정신의학적 용어로서의 '우울감' 안에는 우울증으로 진단될 수도 있는 수준의 병적인 정서라는 의미를 이미 포함하고 있기 때문이에요.

오 　아, 일상적으로 우리가 말하는 '우울해'는 사실은 슬픔인 거고, 우울감이라는 건 그보다 훨씬 더 정도가 심한 감정이라는 뜻인 거네요.

반 　네. 우울감과 슬픔의 차이 중 하나가 앞서 말씀드린, 상황에 따른 반응성이에요. 우울감이 있을 때는 그에 맞는 감정 반응을 하기가 확률적으로 어려워요.

오 　그게 진짜 특징인 것 같아요. 좋은 일이 생겨도 어차피 없어질 건데 뭐, 하고 기쁘지가 않는 거예요. 우울증이 진짜 심할 때가 생각나요. 심지어 그때는 약을 안 먹던 시절이었거든요. 그런데 바로 그때 제 인생에서 가장 큰 공연을 했어요. 무려 이소라 선배 같은 분들이 공연하는 장소인데, 이화여자대학교 삼성홀이라고요. 인디 뮤지션에게는 약간 커리어의 정점 같은 곳이라고 생각해요. 관객석이 거의 천 석이 되니까. 개인 공연으로 그 공연장을 채운다는 건 진짜 영광이거든요. 그럼 그때가 정말 꿈이 이루어지는 순간인 거잖아요. 정점이라는 개념은, 엄청난 기쁨이나 최고의 감정이랑 닿아 있다고 생각할 수 있잖아요. 그런데 그때는 의학적 도움을 안 받을 때라 이런 생각부터 드는 거예요. '이제 나는 이 순간부터 계속 내려가는 거구나. 1000석이 500석이 되고, 나중에는 300석, 200석, 100석이 되겠지. 나중에는 공연을 해도 사람이 안 오겠구나.'

반 앞으로는 내려갈 일만 남았다는 생각이 작가님의 마음을 지배했던 것 같네요.

오 네. 그런 마음이 가장 큰 자리를 차지한 채로 공연을 준비했어요. 잘 끝냈고, 관객 평도 되게 좋았어요. 기술적으로도 마음으로도 정말 부끄러움 없이 다 쏟아부었거든요. 그런데 공연하는 제 마음은 장례식 치르는 기분이었어요. '나라는 뮤지션에게 다시는 이런 기회가 오지 않을 거고, 이 공연장에도 다시 설 일은 없다'라고 생각했으니까. 보통 공연하면 무대 바닥에 종이

같은 걸 둬요. 공연 순서나 여러 가지 사항을 적어두는. 뮤지션이 두 시간 정도 사회자도 없이 무대를 이끌어 가야 하니까요. 그런데 저는 그 종이에 '마, 지, 막'이라고 크게 써서 바닥에 붙여놓은 채로 공연한 거예요.

반 아… 그러셨군요.

오 지금 돌이켜보면 '나 그때 우울증이 심했구나' 싶어요. 사람들이 내 노래가 좋다고 해도 '당연히 좋아야 하는 거 아닐까? 안 좋으면 안 되는 거니까…' 생각하고, 그러다 별로라는 말을 들으면 그 생각이 저를 지배했어요. 아까 말씀하신 감정의 방에서 그 마이너스의 감정, 부정적인 감정이 압도적으로 큰 상태였던 거죠. 근데 저는 그게 우울증이라는 생각을 못했어요. 선생님께서 말씀하신 것처럼, 우울증 환자들은 좋은 일이 있어도 다른 사람들과는 다르게 반응하고 게다가 자기가 그렇게 하고 있다는 사실을 알아채지 못하는 것 같아요.

반 상황은 다르지만 유사한 말씀을 정말 많이 하세요. 이게 참 어려운 문제인 게, 사실 누구나 일상에서 그런 유의 감정을 조금은 느끼잖아요. 비관적인 마음이라거나 염세적인 마음…. 우울증을 가진 환자만 그런 감정을 느끼고 다른 이들은 아예 안 느끼는 것이 아니니까요. 아까 말씀드린 것처럼 이런 유의 감정은 스펙트럼, 그러니까 연속선상에 있기도 하고요. 그리고 또 나의 상태를 알아차리는 것 자체가 정말 어려운 일이죠.

오   아… 맞아요. 비관적이거나 염세적인 감정.

반   그러니 우울감과 우울증을, 그리고 슬픔과 우울감을 구분하기가 어려워요. 그런 감정이 드는 빈도와 감정의 농도, 일상에서 영향을 주는 정도의 차이 등으로 구별할 수 있겠지만, 실은 굉장히 헷갈리거든요. 중요한 건, 비관적이거나 염세적인 태도가 내 삶에 계속해서 결정적인 영향을 주는지의 여부예요. 누군가는 그런 시각을 좀 가지더라도 적당히 잘 지내면서 상황과 컨디션에 따라 유연한 선택을 해요. 하지만 누군가는 그 시각이 삶의 전반을 거의 다 결정해버리죠.

오   그렇네요. 염세적인 마음으로 밥 잘 먹고 툴툴거리면서 또 원만한 사회생활을 하는 경우도 있잖아요. 하지만 당시의 저는 극심한 불면증과 엄청난 무기력증을 겪고 있었는데, 스스로가 그냥 게으르거나 배가 불렀거나 고마움을 모른다고 해석했던 거죠. 명백한 신체화 증상이 있었음에도요. 손가락 움직이는 것도 힘들어 천장만 보며 누워 있는 날이 많았는데도, '이런 상태가 우울증이구나'라는 생각을 아예 못하고 이런 모습이 나의 한심한 특성이라고 여겼던 것 같아요. 뮤지션 친구들은 거의 염세적인데. 하하. 그래도 잠 잘 자고 작업도 의욕적으로 하는 사람 많거든요? 그때 위험을 감지하고 치료를 일찍 받았으면 어땠을까 하는 뒤늦은 후회… 뭐, 후회까지는 아니어도 그런 마음이 조금 있긴 해요.

반   네. 그걸 알아채는 건 정말 어려워요.

오   맞아요. 나의 상태를 인터넷에 '우울증 테스트' 치면
      나오는 스무 개 정도의 문항으로 판단해서도 안 될 것
      같고요. 신체적인 증상이 나타나거나 일상생활에
      어려움을 겪고 있다면 병원에 노크해보는 것이 좋겠죠?

반   아니, 저보다 정신과를 더 홍보하시는!

오   하하, 어쩌면 저야말로 "나 병원 갈까, 말까?" 하는 질문을
      많이 듣기 때문에 더 적극적일 수도 있겠어요.

반   바라던 공연장에 섰음에도 장례식을 치르는 기분을

느끼셨다고 하셨잖아요. 그때 그 상태를 우울증이라고 파악하기 어려우셨던 건, 아마도 작가님 자신이 그 상황을 부정적으로 보고 있다고 느끼기보다는 나는 있는 그대로를, 즉 진실을, 실체를 보고 있다고 생각했기 때문이 아니었을까 싶어요. 비슷한 상황에서 많이들 그렇게 느끼시거든요.

오   헉, 다 똑같아! 소름 돋아요.

반   그래서 '당신이 지금 상황을 객관적으로 보는 게 아니라 부정적으로 보는 것일 수 있다'라고 설득하는 것은 정말 어려운 과정이에요. 누구나 자신의 관점을 굳게 믿으니까요. 약물치료와 상담치료를 하면서 '당시에 내가 본 상황이 진실은 아니었구나'라고 느끼기 위해서는 어느 정도의 시간을 견뎌야 하죠. 그 감정에서 벗어나기까지의 인내심이 필요해요. 약을 먹는다고 바로 달라지는 건 아니거든요.

오   세상에… 맞아요. 저도 아직 다 못 빠져나왔어요.

반   그런 의미에서 어느 정도는 견디는 마음을 갖는 게 정말 중요한 것 같아요. '견디다'라는 의미는 치료 반응이 별로 없다고 느껴도 일단 치료를 계속하는 것을 말해요.
작가님이 아직 다 빠져나오지 못했다고 느끼시면서도
치료를 지속하실 수 있는 건, 치료를 받으면서 좋아졌다고
느끼는 시간이 존재했기 때문이라고 생각하거든요.
그리고 그 시간을 맞이하기 전까지 작가님은 분명 어느
만큼의 시간을 견디셨을 거고요. 만약 이런 치료 반응을
경험하지 못한 채 치료를 중단하면, 다시 내원해도 치료를
중단하게 될 가능성이 높아지죠.

오   맞아요. 견디기가 어려워서 치료를 중단하는 사람들이
많죠.

반   그렇죠. 변화가 없는 시간을 버티는 것이 정말 쉽지
않으니까요. 그런 의미에서 작가님도 버티는 순간이 많이
있으셨을 것 같다고 생각합니다.

두려움과 편견을 벗어던지고 진료실의 문을 엽시다

반   환자를 진료하게 되면 의사로서 여러 질문을 던지게
되는데요. 그중에서는 개인적인 이야기나 사생활에 대한
질문도 있거든요. 예를 들면 직업이나 학력, 경제적인

상황 등에 대해 물어보는 거죠. 작가님은 그런 질문을 받을 때 어떤 생각이나 기분이 드시는지 궁금하네요.

오 오, 여기에 대해선 따로 생각을 안 해봤는데요…. 반반인 것 같아요. 선생님이 나를 더 잘 알기 위해 질문하시는구나 하는 믿음이랑, 한편으로는 직업 등으로 판단당하기 싫은 마음도 들어요. 저는 음악을 하고 글을 쓰는 게 직업인데, 그것에서 오는 편견이 작용할까 봐서요.

반 단정 지어질 것 같은 걱정이 드시는 거죠?

오 그렇죠. 제가 몇 가지 정보를 전했을 때 '이러이러한 것 때문에 지금 이런 상태구나' 하는 연결점이 너무 빨리 생겨버릴까 봐요. 제 인생에 있는 여러 가지 특징 중에 음악가 또는 작가라는 직업이 너무 크게 다가갈까 봐 걱정이 된다고 할까요? 아마도 제가 처음 만난 의사 선생님이 치료 과정 중에 '음악을 관두셔야 하는 게 아니냐'고 했던 기억이 있어서 더 그런 것 같아요. 근데 사실 창작 자체는 저는 그렇게 힘들지 않아요. 창작자로 살아가는 게 너무 힘들었어요. 여자 창작자로 살면, 살이 찌면 쪘다, 빠지면 빠졌다, 나이가 들었다, 너무 어리다… 별 이야기를 다 들으니까요. 마녀라고 했다가 거울 앞에 돌아온 누이라고 했다가.

반   하하하, 누이요.

오   네. 서른 중반이 되니까 누이가 되었어요.

반   특히 인디 뮤지션들에 대해 그런 선입견이 있는 것 같아요.
      그들은 뭔가 다….

오   반지하에 살아야 될 것 같죠. 하하. 살았던 적도 있지만….

반   '싸구려 커피'를 쓰고 부른 장기하도 실제로 노란 장판
      있는 집에 산 적이 없다는 유명한 얘기가 생각나네요.

오   '서울살이는'이라는 곡을 쓴 오지은 서울 출신, 이런
      것처럼요. 하하. 웃으면서 얘기하지만 실제로 제가
      반지하에 안 산다고 대놓고 실망이라고 말한 사람도
      있었거든요. 작품에 특정 이미지를 투영해서 창작자를 더
      매력적인 상대로 본다는 식으로 생각하면 뭔가 좋은
      부분이 있기도 한데 솔직히 말하면 맨 정신으로 버티기
      힘든 부분이 분명 있어요. 특히 여성 창작자에게 더 엄격한
      기준을 요구하는 현실도 있다고 생각해요. 물론 "그런

말들 신경 안 써" 이러면서 씩씩하게 활동하는 사람도
있겠지만, 그러지 못하는 사람도 있거든요. 가까운 인디
뮤지션이 몇 명 없는데요. 친하지는 않아도 누가 얼마나
힘들어 하는지, 어떻게 견디고 있는지 알고 있죠.
"생존자끼리는 알아본다"라고 하면서요. 저희가 정도가
심할 순 있어도 사실 창작과 관련이 없는 여성들의 삶에도
비슷한 구석이 있다고 생각해요. 사회적으로 씌워지는
편견 같은 것이나 그런 데서 오는 스트레스요.

반   정말 그래요. 작가님 말씀처럼 작업 자체도 영향을
      주지만, 성별을 비롯한 다른 요인들이 더 많은 영향을 줄
      수 있는 거죠. 그런 상황이다 보니 직업군에 따른 일반적인
      이미지가 혹시 진단에 영향을 줄까 걱정이 되신 거고요.

오   그렇죠.

반   개인적인 질문을 받을 때 어떤 생각이나 기분이 드는지
      여쭤본 건, 아무래도 정신과다 보니 다양한 질문을 하게 될
      수밖에 없거든요. 저도 최대한 구체적으로 여쭤봐요.
      경제적인 상황을 예로 들면, 지금 경제적인 곤란함은
      없는지, 카드가 연체된 상황인지, 대출이 있는지, 있다면
      어느 정도인지, 제2 혹은 제3금융권인지 등등… 물론 모든

이에게 처음부터 이렇게 묻지는 않지만, 필요하다고
생각되면 물어봅니다.

오   제2금융권인지까지 물어보신다고요? 답하기가 쉽지
     않겠는데요? 왜 거기까지 물어보시나요?

반   예를 들어, 똑같은 500만 원의 대출이 있다고 했을 때,
     이것이 누군가에게는 별것 아닐 수도 있지만
     누군가에게는 감당하기 어려운 스트레스일 수도
     있거든요. 그리고 이율이 너무 높은 곳에서 대출받은
     상황일수록 현재 상황이 급박하다는 의미일 수도 있어요.
     이 환자의 경제적인 수준을 고려할 때 지금의 상황이 어느
     정도로 심각한지를 판단하려면 개인적인 질문이 너무나도
     필연적이에요.

오   아, 세상에! 정말 그렇겠어요.

반   환자나 진료 상황에 따라 이런 질문을 다 하지는 못할 수
     있지만 되도록 구체적으로 질문하려고 해요. 환자의
     정보를 아는 것이 치료에 있어서 너무 중요하거든요.
     그러나 역시 조심스럽게 접근하죠. 그런 질문을
     받아들이는 입장이 상황이나 사람마다 다르기 때문에

저도 그것을 파악해가면서 질문해요. 어쨌든 결론적으로 환자의 답변 안에는 진단이나 치료에 도움이 되는 정보들이 있기 때문에 충분히, 알면 알수록 도움이 되는 거죠. 그렇다고 어떤 질문에 이런 대답을 들으면 딱 이러이러한 진단이 나온다는 건 아니고요. 다만 환자에 대한 전체적인 정보를 알아놓을 경우 치료 과정에서 도움을 받을 수 있기 때문이에요. 물론 질문받는 입장에서 불쾌감을 느낄 수 있다고 생각해요. 아까 작가님이 직업 얘기를 해주셨는데, 특정 직업으로 자신이 판단될 수 있다는 걱정이 드는 것도, 어떤 틀에 맞춰 나를 진단할까 하는 염려가 드는 것도 당연하다고 보고요. 다만 그런 정보들이 바탕이 된다면 어떤 고통을 더 잘 발견할 수 있게 되는 거죠.

오 　하긴, 저도 제가 느끼는 괴로움을 설명하려면 결국 직업에 대해 얘기해야 하니까요. 앞에서 제가 개인적인 질문을 들으면 신뢰감과 우려가 반반 든다고, 참 묘하게 부정적인 대답을 했는데요. 제가 진료 과정에서 개인적인 이야기를 한 게 결정적으로 도움이 됐던 때가 생각나요. 두 번 있었는데요. 한 번은 최근이에요. 이사 후 병원을 옮겼을 때인데요. 이혼 후 전주에서 살아봐야겠다고 생각하고 내려온 뒤에 새로운 정신과를 찾았어요. 그 시기만 해도 이혼이라는 이벤트가 제 우울에 어느 정도 영향을 준 건지 측정할 수 없었어요. 누구도 측정할 순 없었겠지만요. 아무튼 그렇게 처음 본 의사 선생님께 초진을 봤어요. 제가 그 전에 무슨 약을 먹었는지 보여드렸고, 선생님께서는 "전주에 무슨 연고가 있어서 오셨어요?"라고 물어보셨거든요. 좀 고민하다가 말했어요. "이혼했는데, 그냥 전주라는 곳에 살아보고 싶어서 전주에 살게 됐어요." 그런데 이후 대화가, 선생님께서 제게 물어볼 질문을 한 대여섯 개 줄인 것 같은 느낌이었어요. 그때 제가 이사 직후 우울이 굉장히 극심했고 자살 사고가 좀 있어서 그에 대해 말했거든요. 의사 선생님은 그런 이야기를 차분히 듣는 것에 굉장히 트레이닝 되어 있잖아요. "어머나, 이혼하셨다고요?" 하면서 놀라지 않으니까요.

반   하하, 때로 저는 호들갑 떨기도 해요.

오   그런 호들갑이 공감을 받았다는 느낌을 줄 때도 있어요! 하하. 생각해보니 의사 선생님들도 쉽지 않네요…. 아무튼 선생님에게 신뢰도 있었던 것 같아요. '쟤는 그냥 이혼해서 우울한 사람' 절대 이렇게 생각하지 않을 거라는. 진료 때 저를 오픈하는 과정을 통해서 나라는

환자를 어떻게 치료해나가면 좋을지 선생님께 빠르게
안내한 느낌이 들었어요.

반   그렇죠. 이혼이라는 경험을 너무 섣불리 짐작하거나
        납작하게 여겨서는 안 되고요. 그런 한편으로 조심스럽게
        말씀드리자면, 만약 어떤 분이 그 경험이 자신의 인생에
        손톱만큼도 영향을 주지 않다고 말한다면, 의사
        입장에서는 그냥 그런가 보다 하기는 어려워요.
        제 경우에는 어느 쪽으로든 단정하지는 않되, 가상의 체크
        표시를 해놓고 머릿속 보관함에 넣어둬요. 적어도 이혼을
        인생에서 아무 일도 일어나지 않은 것과 똑같이
        생각하지는 않으려는 거죠.

오   보관함! 맞아요. 그런 비슷한 경험이 또 있어요. 전 보통
        우울증 환자처럼 보이지 않는다는 얘기를 많이 듣거든요.
        눈도 잘 마주치고 말끝을 흐리지 않고 잘 웃고 떠들고
        목소리도 크고 그러니까요. 우울증 환자의 특징이라고
        알려진 점들과는 좀 어긋나는 사람인 거예요. 그런데
        대학병원에서 만난 의사 선생님은 제가 음악을 하고
        사람들 앞에 서는 직업인 걸 알고 오히려 '아 이 사람
        가면을 잘 쓰는구나' 하고 판단하신 것 같아요. '이 사람은
        자살 사고가 있다가도 라디오에 출연하면 깔깔대며 떠들

수 있는 훈련이 된 사람이구나' 하고요. 제 직업에 대한
선생님의 이해 덕분에 저도 제 자신을 알게 됐던 거죠.
우울한데 사람들 앞에서는 쾌활하게 행동하는 모순을 풀
수 있는 실마리도 조금 찾았고요. 그런데 그 경험들을 잊고
있었네요.

반　개인적인 정보를 공유했을 때의 긍정적인 경험을
떠올려주셔서 감사해요. 이렇듯 개인에 대해 많이 알수록
다양한 측면을 고려할 수 있기 때문에 병원에 오셨을 때
받으시는 질문에 대해 환자분들께서 조금은 오픈된
마음으로 받아주시면 도움이 될 것 같아요.

오　정말요. 의사의 질문에 답하고, 그런 과정을 통해 나
자신의 상태를 더 잘 알게 되면 좋죠. 그리고 의사에게는
비밀 유지의 의무가 있잖아요. 진료 과정에서 알게 되는
환자의 사생활이나 정보를 누설하면 안 되는. 환자들은
그게 존재하는지도 모를 수 있어요. 그럼 '의사가 왜
이렇게 나에 대해 자세히 물어보지?' 하는 공포도 클
거예요. '선생님이 혹시 다른 데 가서 내 얘기 하는 거
아닐까? 이야깃거리가 되는 건 아닐까?' 하는 의심이
제게도 조금 있었으니까요. 그런데 비밀 유지의 의무가
있다는 것을 나중에 알고 안심했어요. 아, 편하게

얘기해도 되는구나.

반   사실 그런 염려가 있으면 의사에게 직접 물어보고
      해소하시는 방법도 추천해드려요. 나의 이야기를 하는 게
      좀 꺼려진다 싶은 분들도 이런 설명을 들으면 안심하게 될
      수도 있을 것 같아요.

오   내가 지금 어떤 상황인지 잘 안다고 생각했는데 사실은
      아니었다, 이럴 때가 종종 있잖아요? 아까 저희가
      얘기했던 부분이기도 한데, 우울증이 심할 때 저는 삶의
      마이너스 부분, 즉 부정적인 부분만이 진실이라고
      생각했어요. 좋은 말은 그냥 날아가는 말이고요. 나쁜
      말만 진짜인 것 같아서 확 남는 거예요. 예를 들어서 "살이
      쪘다", "결혼해서 필이 떨어졌다" 이런 부정적인 피드백을
      들으면 '아, 이게 내 진실이구나' 하고 생각하게 되는 거죠.
      미끄럼틀을 타고 쭉 내려가는데 멈출 수가 없는 것처럼….
      실은 제 음악을 꾸준히 듣고 좋아해주고 공연에 와주는
      사람들이 있고 그들이 해주는 따뜻한 말과 응원이 있는데
      그건 곧 사라질 마음 같았어요. 그런데 그런 성향이 있는
      걸 몰랐거든요. 그때 진료를 봐주시던 의사 선생님이 어느
      날 담담하게 말하시더라고요. "사실 요즘 트위터 보고
      입원을 권해야 하나 했는데, 그 정도는 아닌 것

같네요"라고요. 그 얘기를 들은 순간 깨달았어요. '내가
지금 그런 위기에 놓여 있었구나'라고요.

반   그런 일이 있으셨군요.

오   치료를 받고 한두 달이 지났을 때는 전혀 나아진 게 없는
것 같았거든요. 그런데 긴 기간으로 보면 정말 많이
나아졌음을 깨달아요. 새로운 일을 하기 전에 들곤 했던
거부감이나 공포가 지금은 느껴지지 않으니까. 삶에는
좋은 점과 나쁜 점이 있는데 나에게는 이런 좋은 점이
있구나, 내가 이런 것을 가졌구나 하고 이제는 인식할 수
있어요. 그 부분만 따져보면 저는 정말 많이
달라졌거든요. 노력한 덕일 수도 있고 나이가 들어서
변화했거나 세월이 해결해줬을 수도 있지만, 약물치료를
한 덕이 정말 크다고 생각해요. 건강한 생각을 가지게 하기
위해 나를 일단 재우고, 진정시키고, 재활할 수 있게
도와준 느낌이에요. 그래서 힘들어하는 사람에게 진단과
치료를 권하는 사람이 됐나 봐요.

반   여기서 또 정형외과 비유가 생각나는⋯. 다리가 부러지면
정형외과에서 수술을 하고, 그다음 재활을 위해
재활의학과에 가잖아요. 재활을 하려면 그전에 수술

단계가 필요한 것처럼 우울증 치료도 회복하기 위한 전
단계가 필요한 거죠. 그게 약물치료인 거고요.

오　진짜! 염증이 심하면 염증 주사를 맞아야 되는 거잖아요.
그런데 정신질환이라고 하면 이 책에 들어간 글의
제목처럼 '뇌에 힘주면 정병이 낫는다'고 생각하는 것
같아요. 사실 그 글의 원래 제목은 '대가리에 힘준다고
정병이 낫니?'였거든요. 가까운 친구들이 그걸 책
제목으로 하라고, 대박 날 거라고 얘기했는데요. 과연
위즈덤하우스가 그걸 받아들여줄까요?

반　출판사 이름에서 위즈덤wisdom이 지혜란 뜻인데, 지혜의
냄새가 좀 안 나기는 하네요, 하하.

오　역시 대가리라는 말은 안 될 것 같죠? 아무튼 여전히
대가리 아니, 머리에 힘주면 병이 낫는다고 믿는 사람이
많은 것 같아요. 의지의 민족이라서 그런가 싶고…. 근데
저도 그 생각을 안 했던 것도 아니니까.

반　그렇죠.

오　간절히 원하면 부러진 뼈도 붙을 것처럼 말하는데… 사실

뼈가 부러지면 그런 소리 안 하잖아요. 그런데 정신질환은 '미라클 모닝' 하면서 노력하면 나을 거라고 생각하는 거죠. 그래, 염증이야 시간이 오래 지나면 낫기도 하겠죠. 하지만 급성일 땐 당연히 위험하고, 정신질환의 경우에도 위험해질 수 있잖아요. 치료를 통해 관리하지 않으면 증상이 심해질 수 있으니까요. 개인의 노력이나 태도 변화도 당연히 필요하지만, 약물치료나 상담치료도 필요하다고 생각해요. 하지만 여전히 사람들에게는 약에 대한 공포나 병원 자체에 대한 부담감이 되게 큰 것 같아요. '정신병자'가 되는 것 자체에 대한 거부감이요. 내 뇌에서 어떤 물질이 안 나오면 그걸 대신해주는 화학물질이 필요하고, 그걸 약이 해주는 것뿐인데 말이에요. 저는 이 사실을 받아들이고 나서 엄청 편해졌어요. 물론 약물치료에 들어가자마자 제 상태가 곧바로 드라마틱하게 변화하지는 않았죠. 좋았다가 나빴다가 하는 거예요. 그렇게 천천히 계속하다보니….

반   그래프로 표현하자면 우상향인 거죠.

오   네, 맞아요. 우상향.

반   아무래도 정신과 진단과 치료에 대해 기존의 낙인이 워낙

공고하다보니, 어쩔 수 없는 망설임이 존재하는 것
같아요. 그럴 때 저는 보통 정신과 진단을 다른 측면에서
바라보기를 권해드려요. 진단을 통해 우리는 그동안
이름을 얻지 못했던 고통에 이름을 붙일 수 있게
되었거든요. 대표적인 예가 지금의 성인 ADHD죠. 많은
사람들이 성인 ADHD를 진단받게 되면서 자유로움과
해방감을 느끼게 된 것처럼, 진단이 가져다줄 수 있는 좋은
것들에 대해 생각해본다면 문턱을 넘는 데 조금이나마
도움이 될 것 같아요.

오　진짜요. 저는 진단이 정말 좋은 출발이 될 수 있다고
　　생각하거든요. "네가 이러이러했던 건 이런 병을 가졌기
　　때문이야!" 그런 말을 들은 환자는 자신의 게으름, 모자람,
　　한심함을 다른 방식으로 바라보게 돼요. 스스로를 향한
　　죄책감의 무게가 확 덜어지죠. 예를 들어 나의 한심함이
　　뇌의 어떤 물질이 부족하기 때문이라는 걸 알게 되면,
　　약물의 도움을 받아 더 좋은 단계로 갈 수 있는 에너지가
　　생기는 거죠.

반　누군가에게는 그런 에너지가 정말 필요했을 거예요.

오　정말 그래요. 우울증이 진짜 무서운 게 생각이 점점 이런

쪽으로 가잖아요. '나는 안 바뀔 거야. 나는 끝났고 더 나빠질 거고 이렇게 살아봐야 의미 없어.' 지하 10층, 15층, 100층으로 막 떨어지잖아요. 그런데 지하 10층에서 올라오는 건 조금 힘들지만, 지하 100층에서 올라와야 한다고 생각하면 막막하잖아요. 그러니까 약물치료는 내가 지하 100층 내려갈 걸 지하 50층, 10층에서 멈춰주는 것 아닐까요? 그러니까 약을 먹으면 바로 지상에서 행복해진다고 말하는 건 당연히 아니고요. 약물치료가 나에게 좋은 출발선이 되어준다는 생각이에요. 진단은 현재 상태에 대한 진단일 뿐이고, 그 상태가 영원히 지속되는 것도 아니니까요.

반   그렇죠. 나를 이해하기 위한, 그리고 좋아지게 하기 위한 과정으로서의 진단이라고 생각한다면 조금은 더 편안한 마음으로 받아들일 수 있지 않을까 싶어요.

환자 정체성, 그 까다로운 존재에 대하여

오   이 책을 쓰면서 가장 신경 쓴 글이 4장의 '나는 우울증 환자입니다, 하지만 정신병자라고 부르지 마라'였어요. 환자 정체성에 대해 이야기하는 게 꽤나 까다로워서 많이

고쳤던 기억이 나요. 그동안 환자 정체성에 대한 이야기가
필요하다고 생각해왔는데, 막상 직접 하려니 너무 어려운
거예요. 무슨 말이냐 하면, 나에게 병이 있다는 점을
인정할 때 생기는 장점이 있고 또 동시에 한계도 분명
발생하거든요. 내가 이 이야기를 한 챕터에 다 할 수
있을까 싶어서 많이 고민하면서 쓰고 지우고를
반복했는데요. 결국 '하고 싶은 말을 하자'고
결론지어지더라고요.

반 네. 글에서도 작가님이 많은 고민을 하신 게 느껴졌어요.

오 제 고민이 전해졌군요. 여전히 어려운 부분이에요.
ADHD를 예로 들어볼게요. ADHD라는 사실을 알게
되었을 때의 장점은 아까 저희가 말한 것처럼, 죄책감을
덜고 자신을 설명할 수 있는 이름을 찾게 된다는 걸
거예요. 그런데 또 한편으로 ADHD라는 사실을 주변에
이야기했을 때의 단점을 꼽아보자면, 주변에서 편견을
갖게 될 수도 있고, 직업적으로 불이익을 얻거나 '너는
ADHD잖아'라고 하면서 뭔가를 성취할 수 있는 기회가
주어지지 않을 수 있다는 점이겠죠. 병을 스스로 의식할
때의 단점이라면 현재 잘하지 못하는 일에 대해서 '나는
ADHD니까'라고 하면서 스스로 자신의 한계를 지어버릴

수도 있고요. 한편으로 '나는 ADHD지만 해낼 수
있어'라고 생각할 수도 있잖아요. 저는 그게 어렵지만
중요하다고 생각하는데요. 하지만 역시 어렵죠. 나 이거
못 해, 근데 나 이건 할 수 있어, 나 이거 못 해, 근데 할 수
있어…. 이런 반복이 뭐랄까, '뜨거운 아이스 아메리카노'
같은 거잖아요. 약간 기가 빨리는 일이기도 하고요.
그런데 이런 말이 좀 이상할 수 있지만, 이걸 반복하는 게
건강한 환자라는 생각이 들더라고요.

반　맞아요. 잘 소화하는 게 중요하죠. 병에 잡아먹히지 않고
잘 데리고 다니면서 또 잘 다루는 게 필요하다고 할까요.

오　맞아요, 잡아먹히지 않아야 되는 거! 되게 까다로운 친구가
생겼는데, 그 친구에게 끌려다니지 않아야 하는….
설명하기가 어렵지만요.

반　나에게 필요했고 또 나를 자유롭게도 해주지만 그렇다고
그것에 완전히 속박 당해서도 안 되는 거죠. 그러한
존재로서 병을 다루어 나가는 것이 필요해요.

오　왜냐하면 이건 결국 현재의 일일 뿐이니까요. 내년에는
다를 수도 있고요. 이 말에 누군가는 반박할 수 있죠.

'내년에 달라질 거면 그게 뭐가 병이야?' 이 책을 읽는
분들은 그런 의견은 패스하셔도 될 것 같아요.

반   네. 조금도 변하지 않는 건 어디에도 없지요.

오   제가 오래 다녔던 대학병원 있잖아요. 말씀을 임팩트 있게
     잘해주시는 A 선생님, 하하. 그분께 쭉 진료를 받다가,
     다닌 지 5년 즈음이었나. 갑자기 다른 사람들이 자기
     병명을 알고 있는 게 신기한 거예요. 병명이라든지,
     질병코드라든지 그런 것이요. 생각해보니까 선생님은
     제게 한 번도 얘기해준 적이 없던 거죠. 예를 들면 누구는
     양극성 장애다, 조현병이다 하는 식으로 자신의 병에 대해
     알고 있는데 말이죠. 어느 날 "선생님, 근데 저는 뭐예요?
     병명이 뭐예요?" 물어봤더니 약간 당황하시더라고요.
     그러더니 그냥 우울증이라고 하시면서 말을 살짝 흐리신
     것 같았는데…. 그 말에서 약간의 방어가 느껴졌거든요.
     선생님이 그런 이유를 감히 예측해보면, '무슨
     병이다'라고 말하면 제가 그걸 막 검색해서 스스로를 그
     증상에 끼워 맞출까 봐 그런 것은 아닐까 싶었어요.

반   어떤 마음에서 그런 반응을 보이신 것일지에 대해 생각이
     많으셨던 것 같네요.

오   이런저런 추측을 해보게 되긴 했어요. 사실 그냥 기분장애
     이런 거였겠죠? 그때 처음 생각해봤어요. 내가 무슨
     병인지, 질병코드가 어떻게 되는지 알려고 한 태도에는
     어쩌면 함정이 있을 수 있겠구나 하고요.

반   저도 고민하게 되는 부분이 있어요. 내과에 가면
     빈혈이다, 고혈압이다 진단받는 것처럼, 환자가 병명을
     아는 것은 당연한 절차이자 권리거든요. 궁금할 수밖에
     없고요. 그런데 정신과에서의 진단이 그 사람의 정신적인
     상황을 완전히 다 설명해준다고 보기가 어렵기는 해요.
     말씀드렸듯이 정신과의 증상은 특히나 연속선상에 있는
     어떤 것이라서요. 그래서 같은 진단명을 가져도 개개인의
     증상이 무척 달라서, 진단명을 글자 그대로만 이해했을
     때는 빈 공간이 많을 수가 있어요. 물론 의사가 일부러
     진단 정보를 알려주지 않는 것은 결코 아니고요. 다만 이런
     포인트를 고민하게 되는 것 같아요.

오   진단만으로 스스로의 상태를 단정하게 되는 것에 대한
     조심스러움…. 역시 그렇군요.

반   그래서 의사는 진단명에 대한 환자의 궁금증을 어느 정도
     해소하되 그 병명에 환자가 자기 자신을 국한하지 않도록

노력하게 되는 거죠. 보통 처음 내원하면 자신의 병명을
궁금해하세요. 우울증인 경우 진단명을 말씀드리긴
하지만, 그 병명에 국한되지 않기를 바라는 마음을 같이
전달해요. 그리고 또 설명해드리죠. 우울증은 '우산' 같은
진단명이라고 생각하시면 된다.

오   우산이요?

반   네, 우산이요. 다양한 증상을 가진 다양한 사람들을
우울증이라는 이름의 우산으로 포괄한다는 뜻이에요.
사실 환자 입장에서는 이런 마음이 들 수 있거든요. '나는
우울증인데, 왜 다른 우울증 환자들과는 다르지?'
그렇기에 우울증이라는 병명은 굉장히 많은 상태를
커버하는 표현이라는 점을 강조합니다.

오   무슨 뜻인지 알 것 같아요. 사실 그래서 병원을 바꿔야 할
때는 질병코드가 적힌 진단서를 뗄까 하다가 그냥 현재
먹는 약의 정보만 가져가고 있어요.

반   맞아요. 질병코드도 물론 도움이 되지만, 현재 먹는 약에
대한 정보가 사실 제일 중요해요.

도움받으러 진료실에 온 환자들의 '괜찮다'는 말

오   환자가 의사에게 자신의 증상에 대해 말하는 것에 대해 얘기해보고 싶어요. 제가 책에 당당하게 쓰긴 했는데요. 인턴처럼 의사에게 피드백한다고요. 하하. 그래도 되는 건가요?

반   작가님의 방식은 실용적인 측면에서 정말 더할 나위 없이 좋다고 생각해요. 대부분 의사가 질문하는 항목들로 정리되어 있더라고요. 의사 입장에서는 환자분의 상태를 파악하기 용이하죠.

오   진료 시간은 한정되어 있는데, 준비해가지 않고 말하다 보면 갑자기 이야기가 어린 시절의 서러웠던 장면까지 갈 수도 있으니까요. 어떻게 해야 나의 상태를 의사에게 잘 전달할까, 의사와 환자가 어떻게 좋은 팀워크를 이뤄서 이인삼각처럼 발맞춰 걸어갈 수 있을지를 고민하다 보니 인턴처럼 말해보자고 생각했어요.

반   하하. 물론 어린 시절의 장면을 당연히 얘기하셔도 되고 또 필요하기도 하지만, 한정된 시간 안에 필수적인 정보를 전달하고 싶은 작가님의 마음이 무엇인지를 이해해요.

오 맞아요. 진료실에서 나오고 나면 꼭 말 안 한 게 생각나요.

반 그렇죠. 작가님이 경험하신 진료 세팅 안에서 그러한
    피드백은 실용적이고 효율적일 수 있죠. 그런데 이 또한 그
    효용성은 상황마다 다를 수 있어요. 의도는 그렇지
    않겠지만, 그러한 피드백이 의사가 환자에게 접근하는
    것을 막는 어떤 방어막이 될 가능성을 배제할 수 없기
    때문이에요. 환자가 체크리스트대로 상태를 얘기하다
    보면 의사가 정보 너머의 어떤 것을 볼 기회가 줄어드는
    경우도 있으니까요.

오 아, 그렇겠어요, 체크리스트 너머의 것이 있을 수도
    있으니까.

반 환자가 준비해온 것을 함께 보면 도움이 되는 건 분명해요.
    의사도 그것을 들으면서 무엇을 더 살펴봐야 할지 파악할
    수 있으니까요. 그런데 진료가 그 체크리스트의 항목에만
    집중되면 의사가 환자의 마음속 깊은 곳을 탐색하기
    어려울 수도 있어요. 이러한 방식이 나쁜 건 전혀
    아니에요. 다만 저는 이러한 방식을 선호하시는 이유를
    여쭤보죠. 체크리스트로 얘기하시는 게 어떤 측면에서
    편한지, 다른 이유가 있다면 무엇인지도요. 누군가는 효율

때문에, 누군가는 불안 때문에 그러기도 하니까요.

오   친구가 얼마 전에 그러더라고요. 의사 선생님이 "요즘
     어떠세요"라고 물어보면 자기도 모르게 "괜찮아요"라고
     답해버린대요. 근데 저도 좀 그러거든요. 가기 전에는
     '이런 얘기를 해야지' 생각했는데 까먹어버리거나 아니면
     새삼 민망해지거나 그래요. "요즘 뭐 달라진 거
     없어요?"라고 하면 "뭐, 똑같은데요" 하고 답하고, 그러다
     진료 시간이 끝나버리고…. 그렇게 말하는 건 일단 어떤
     상태와 비교해야 할지, 무엇이 달라진 건지를 모르기
     때문이고요. 그래서 결국 중간 결론을 내렸던 것이
     체크리스트인 거죠. 듣고 보니 체크리스트는 어디까지나
     힌트 정도로 참고하면 좋겠네요. 환자가 스스로를 어떻게
     파악해야 하는지, 진료실에서 어떤 이야기를 해야
     하는지에 대한 힌트. 근데 정말 이상하게도 정신과까지
     갔는데 선생님께 징징거리면 안 된다는 생각이 들어요.

반   사실 '괜찮다'는 말은 진료실에서 많은 분이 보편적으로
     하는 표현 중 하나인데요. 그 표현 자체에 문제가 있는
     것은 아니지만, 괜찮지 않을 때조차 괜찮다고 말하게
     된다면 그 이유를 살펴볼 필요는 있어요. 진료실은 내
     취약성을 오픈할수록 도움을 받는 곳인데도, 의사의

질문에 진료실 바깥의 현실 속 나처럼 반응하게 되는 것도 이유 중 하나라고 볼 수 있고요.

오   네, 정말 그래요. 현실의 나처럼 의연해져요.

반   그러는 이유는 또 각자 다를 테고요. 그냥 습관처럼
    괜찮다고 하는 사람도, 혹은 나는 괜찮은 사람이어야
    한다는 생각에서 괜찮다고 하는 사람도 있어요. 또는
    의사를 신경 쓰이게 하면 안 된다는 생각에서 그러기도
    하고요. 신경을 쓰는 게 의사가 하는 일임에도요.

오   다 아시는구나. 그런 무의식이 있는 것 같아요.

반   어떻게 보면 '자신이 받아 마땅하다고 생각되는 합당한
    도움'의 정도가 사람마다 다르기 때문이기도 해요. 어쨌든
    여기서 포인트는, 내가 지금 도움이 필요해서 병원에 가는
    건데 이런 일이 계속 발생한다면 그걸 살펴볼 필요가
    있다는 점이에요. 이런 경우 자신의 상태를 더 있는 그대로
    전달하고 싶다면, 작가님이 제시한 체크리스트를
    참고해보는 방법도 좋을 것 같아요. 이걸 몇 번 반복하다
    보면 더 자연스럽게 자기 상황을 묘사할 수 있지 않을까
    싶어요.

오 리스트를 요령 삼아서 시작해보는 걸로요. 꼭 해야 하는 건
   아니고. 사실 같은 사람인데도 어떤 날은 기력이 넘치고
   어떤 날은 사람이 어떻게 저러고 살지 싶을 정도로
   다르잖아요. 그래서 대답하기 더 어렵기도 하거든요. 어떤
   날은 정말 멀쩡했고 어떤 날은 끔찍했으니까. 진료실에
   들어가서 "그간 어떻게 지내셨어요?"라는 질문을 받으면
   지난 한두 달 중 어느 시점을 기준으로 말해야 할지 미궁에
   빠지는 느낌이었는데요. 저 체크리스트가 나름의
   돌파구였어요. 또 제가 못 봤던 부분을 선생님이 "그럼
   이런 부분은 어땠어요?"라고 물어보며 채워주시니까요.
   어, 그런데 생각해보니 저도 지난 진료 때 괜찮은
   척했네요. 저도 모르게요. "다 좋았는데요"라고 답하면서.
   그러니 초보 환자라면 더 어렵겠죠…. '정신과에 가서
   무슨 얘기를 하면 좋을까?' 걱정하는 분들에게 말해줄 수
   있는 팁이 있을까요?

반 그런 분들에게야말로 작가님의 목록이 유용하다고
   생각합니다! "어떠셨어요?"라는 개방형 질문에 답하기가
   막막할 것 같을 때 좋은 길잡이가 되어준다고 봐요.

오 대박. '환자부심'이 생깁니다. 마치 10수생의 '고시부심'
   같은. 세상에 그런 게 존재하는지는 모르겠습니다만,

하하. 일단 너무 기쁩니다. 말씀드렸듯 올해로 11년 차 우울증 환자가 되었지만, 환자 입장에서 솔직히 말하자면 치료를 지속한다는 게 쉽지만은 않아요. 가끔 막막하기도 하고요.

반 충분히 그럴 수 있어요. 쉽지 않은 일이니까요. 많은 분들이 그런 고민을 가지고 계세요. 그런데 치료 기간이나 끝을 생각하지 않는 태도도 필요한 것 같아요. 그게 중요하지 않다는 말은 아니지만요. 장기 치료 중인 환자의 고충을 가볍게 생각하거나 무시한다는 의미도 아니고요. 다만 이런 관점으로도 바라볼 수 있다면 좋을 것 같습니다. '이 치료가 지금 나에게 도움이 되어주고 있는가?' 그 관점에서는 6개월이든 10년이든 그 기간이 제일 중요하지는 않은 거죠.

오 아… 치료는 기간이 아니라 '지금 도움이 되는가'라는 관점으로 본다.

반 네. 나의 일상을 잘 꾸려가는 데에 치료가 유용한 도구가 되어주고 있는지를 묻고 거기에 예스라는 답이 나온다면, 일단은 그것에 초점을 맞추어보자고 말씀을 드리고 싶어요. 사실 오래 치료를 이어가는 많은 분들이 비슷한 고민을 하시는 것 같아요. 10년간 치료받고 있는 사람이 있고, 6개월만에 치료를 종결한 사람이 있어요. 그러면 10년 차인 사람은 걱정해요. '저 사람은 6개월만에 완치됐는데, 나는 뭐지?'

오   헉, 선생님. 맞아요. 딱 그렇게 생각해요.

반   그럼 저는 보통 이런 말을 해요. 이 치료의 의미를, 즉 내가 이 치료를 왜 받고 있는지에 대해 일단 이야기 나누자고요. 6개월만 병원에 다닌 다른 이에 대한 생각은 잠시 옆에 놓아두고요.

오   애초부터 비교할 일이 아닌 거군요.

반   네. 만약 장기 치료를 했는데도 핵심적인 고통에 조금도 변화가 없거나 더 나빠지기만 한다면 그 부분은 함께 고민해야겠죠. 제가 말하고 싶은 건 '치료 기간'에만 매몰되지 않는 것이 중요하다는 거예요. 기간이 아무것도 아니라는 뜻은 물론 아니지만요.

오   환자로서 병원에 다니는 기간을 생각하게 되면 아득하기도 하고 막막하기도 해요. 이렇게 오래 약을

먹었는데 나에게 엄청난 부작용이 발생하면 어떡하지
하는 두려움에 지배되기도 하고요. 그런데 장기 치료를
바라보는 관점을 '병원을 다니는 것이 현재의 나에게
어떻게 도움이 되는가'로 바꿔서 보자는 선생님의 그
이야기가 환자 입장에서 되게 신선하네요.

반   걱정하는 그 마음이 어떤지 너무 이해가면서도, '꼭 그런
      것만은 아닌데 이걸 어떻게 전해야 할까' 항상 고민하게
      되더라고요. 사실 치료 기간을 걱정하게 되는 계기 중
      하나는 "아직도 병원 다니냐"라는 주변 사람들의 말인 것
      같아요.

오   하하하, 맞아요!

반   그 말을 들으면 그동안 치료 기간에 대해 생각한 적이
      없다가도 이게 맞나 고민되는 거죠.

오   진짜요! 갑자기 그런 말을 들으면 '내가 매일 먹는 이 약,
      독약인 건가?' 싶고, 여러 매체에서 내가 먹는 약을
      '마약류!' 이렇게 빵빵 때리면서 위험성을 알리면 걱정도
      되는 거죠. '어, 저 약 나 맨날 먹는 건데? 졸피뎀? 나 지금
      서른 개 가지고 있는데?'

반   악마의 속삭임! 하하.

오   〈그것이 알고 싶다〉 가라사대 나도 모르는 사이에 약이
      내게 속삭이고 있었고. 하하. 아니, 일단 그 서체가 너무
      무섭지 않으나요? 아무래도 범죄에 악용되는 일이 많으니까
      그걸 본 사람들도 걱정돼서 "너 그거 먹어?" 묻는 거예요.
      그럼 저는 "나? 매일 먹는데?" 이러는 거죠. 마약류로
      분류될 뿐이지 이 약은 나를 잠재워주는, 꼭 필요한
      약이라고 생각해요. 그러다가도 갑자기 그런 주변 반응을
      보면 새삼 당황스러운…. 물론 약에 대한 고민이나 불안은
      지금도 가지고 있어요. '이 약이 엄청 오래전에 개발된 건
      아니니까 이 약을 장기 복용한 채로 여든이 된 사람은 없지
      않을까?' '혹시 내가 이 약을 엄청 오래 먹어서 사상
      최악의 치매에 걸리면 어떡하지?' 이런 두려움이요.
      그런데 오늘 일단 그걸 먹어야 잘 수 있으니까, 버텨봐야
      내가 더 힘들어질 뿐이라는 걸 이제 아니까요. 그렇기
      때문에 가능한 약을 최소 용량으로 먹고, 결국에는 먹지
      않을 수 있는 방향으로 가기 위해 노력하는 거죠. 그래도
      새삼 선생님께 묻고 싶은데요, 대답하시기 어려울 수
      있지만…. 저 진짜 이런 약들을 오래 먹어도 괜찮나요?

반   그런 질문 하셔도 괜찮아요. "이 약 계속 먹어도

돼요?"라는 질문은 매일 받는 질문이거든요.

오   와, 다들 용감하게 질문하는구나! 저는 못했어요.

반   그것 또한 진료 환경의 차이로….

오   푸하하. 또! 그러게요. 다른 질문이 너무 많아 낄 수
없었다.

반   약에 대한 질문을 하시면 저는 비교적 오랜 시간에 걸쳐서
열심히 얘기해요. 내가 먹는 약을 신뢰하는 게 굉장히
중요하다고 생각하기 때문이죠. 그래서 한참을 말하다
보면 어떤 때는 환자분들의 표정에서 조금씩 영혼이
탈출하려는 것 같다고 느껴질 때도 있어요. 하하.

오   아니, 왜요? 나는 듣고 싶은데!

반   사실 딱 한 문장으로 간단하게 말할 수도 있거든요. "네.
그 약 계속 드셔도 됩니다." 이렇게요. 그런데 그런
말만으로는 안심이 안 될 수 있으니 이런저런 설명을
덧붙이게 되는데요. 어떤 때는 그 설명이 좀 길어지기도
해서요.

오   환자들이 갑자기 강의 듣는 것처럼 지치는군요. 하하.
    예전에 의사 선생님이 지나가듯 한 말이 생각나네요.
    "스틸녹스는 여섯 시간이 지나면 혈액에 남지 않아요."

반   간결하면서도 모든 걸 말해주는 설명이네요!

오   꿀팁 나눔? 하하. 그 말이 정말 도움이 된 게 비행기 탈
    때였거든요. 열두 시간짜리 비행기를 타면 중간에 잠도 좀
    자야 하는데 한숨도 못 자면 정말 지옥이거든요. 근데 약을
    막 먹어버릴 수도 없는 게 '혹시나 약 때문에 도착 후에도
    계속 자고 있으면 어떡하지? 혹은 약에 취해서 입국을
    못하면 어떡하지? 비틀거리다 넘어져서 크게 다치면
    어떡하지?' 이런 걱정이 컸어요. 저는 의학을 배우지
    않았으니까 약이 어떻게 작용하는지도 모르고요. 근데
    그렇다고 진료받을 때 "선생님, 제가 다음 주에 비행기를
    타는데요. 이게 열두 시간짜리거든요? 약을 몇 알 먹으면
    좋을까요?" 이런 질문을 할 수는 없는 거예요. 나의 일상
    문제나 증상을 이야기할 게 많다 보니까 그런 질문은
    후순위로 밀리는 거죠. 그런데 여섯 시간 후에는
    스틸녹스가 혈액에 남아 있지 않는다는 그 말을 들으니까,
    비행기 탄 후 언제 약을 먹어야 하는지 계산이 서더라고요.
    예를 들어 두 시간 쯤 지나 첫 번째 기내식을 먹은 후 반

알, 이렇게요.

반   한 마디의 말로 중요한 정보도 전달하고 안심까지
       시켜주셨네요.

오   사람마다 약물이 혈액에서 빠져나가는 시간은 차이가
       있겠지만요. 그리고 그 말에 더 안심이 됐던 이유가 내
       몸에 약이 남아 있는 게 아니구나, 싶은 거예요. 약이 내 몸
       어딘가에 누적된 채로 부작용을 일으킬 것만 같다는
       걱정이 있었는데, 의사 말을 듣고 그게 싹 사라진 거죠.
       생각해보면 혈압약이든 당뇨약이든 내 상태가 좋아지게
       도와준다고 생각하고 먹잖아요? 저는 정신과 약을
       불편하게 생각하는 친구한테 가끔 "당뇨약이라고
       생각하고 먹어" 이렇게 말하는데, 정말 그래도 되는
       걸까요?

반   그렇게 비유하기도 하죠. 좀 더 얘기해볼게요. 책에도
       나와 있긴 하지만, 중요하니까 한 번 더 말씀드려도
       될까요?

오   너무 좋아요.

반 일단 모든 약은 필요한 최소량을 먹는 게 맞아요.
   불필요하면 안 먹는 게 맞고요. 이거는 이제 너무 당연한
   전제거든요. 평생 먹어도 된다고 해서 '그럼 괜찮으니까
   많이 먹어도 되는 건가' 하면 그렇지는 않죠. 조금 더 깊이
   들어가서 얘기해볼게요. 정신과 약을 간단하게
   분류하자면 두 가지로 말할 수 있어요. 치료를 위해
   교과서적으로 장기 복용을 권장하는 약과 그렇지 않은
   약이요.

오 아, 그렇게 나눠지는군요.

반 먼저 대표적으로 항우울제의 경우, 정신의학 교과서에서
   권장하는 복용 기간은 초발일 때 최소 6개월에서 1년
   정도, 재발일 때는 1~2년 이상이에요. 교과서에서 장기
   복용을 권장하는 한 줄을 기재하기 위해서는, 장기 복용
   시에도 안전하다고 보장할 수 있는 엄청난 규모의
   데이터가 필요해요. 엄밀한 과정을 거친 수많은 연구가
   누적되어야 하는 거죠.

오 역시, 쌓이는 것이 있기에 적을 수 있는 한 줄이군요.

반 그렇죠. 이 말을 압축해서 그냥 간단하게 "이만큼의 기간

동안 먹어야 하고 먹어도 됩니다"라고 말할 수도 있고,
아니면 저처럼 다소 길고 장황하게 말할 수도 있고요.
하하. 아무튼 제가 책에도 썼지만 '이 약은 부작용이
없다'라고 단언한다면, 그건 절대 약이라고 할 수 없어요.
약이 아니라 밀가루인 셈이에요.

오   아, 그렇네요.

반   그렇지만 종합적으로 보았을 때는 분명 안전하다는
것이죠. 약이 애초에 설계될 때부터 장기 복용에
적합하도록 만들어진 것이니까요. 그래서 저는 편의상
이렇게 설명합니다. 평생 '먹어야' 하는 건 아니지만,
필요로 한다면 평생 '먹어도' 된다고요.

오   헉, 구원 같은 말이에요.

반   그러면 이제는 교과서적으로 장기 복용을 직접
권장하지는 않는 약으로 넘어가서 설명을 드릴게요.
졸피뎀, 그리고 벤조디아제핀 계열의 약물은
기본적으로는 단기 사용을 권장해요. 그래서 처방을
받아보시면 아시겠지만, 한 번에 처방 가능한 용량과
날짜도 제한이 되어 있고요.

오   맞아요. 조금씩 주잖아요.

반   그렇죠. 가장 큰 이유는 의존성 때문인데요. 그렇다고
         졸피뎀을 10년 먹으면 무조건 큰일이 나는 것이냐 하면
         그건 아니라고 말씀을 드려요. 기본적으로는 짧은 기간
         사용을 권장하지만, 위험 대비 이득을 고려했을 때에는
         합의된 용량 안에서 신중하게 관찰하며 유지할 수
         있거든요. 결국 중요한 건, 남용하지 않음으로써 의학적인
         의미의 의존으로 넘어가지 않도록 하는 거예요.

오   아, 의존이 포인트군요.

반   네. 정리하자면, 약은 필요에 의해 장기 복용을 할 수는
         있으나, 좀 더 주의해야 하는 약은 있다, 그리고 그런 약은
         가능하면 우선적으로 줄이는 것이 좋기는 하다, 정도로
         말씀드릴 수 있겠네요. 그리고 그래야 하는 이유는 몸에
         누적되어 나중에 치명타를 가해서라기보다는, 남용하는
         경우에는 내성이 생겨서 같은 효과를 얻기 위해 점차 더
         많은 양, 즉 몸에 해로울 수도 있는 양까지 필요로 하게
         되기 때문이에요.

오   한 알이 두 알 되고, 두 알이 세 알 되고….

반   아, 이렇게 쉽게 얘기하면 되는 건데! 하하.

정신과 약을 향한 수상한 마음을 토닥여볼까요

오   오래 치료를 받다 보니, 환자에게는 맷집이 필요하다는
생각이 들더라고요. 치료를 시작하면서 내가 부정적인
상황만을 진실이라고 생각하는 경향이 있다는 걸
깨달았잖아요. 약도 열심히 먹고 병원도 때마다 가지만,
나아질 때도 있고 그러지 못할 때도 있거든요. 좋은 쪽으로
변화하지 못하는 시간을 겪을 때 스스로에 대한 혐오가
커지기도 했어요. "역시! 나는 안 바뀌어. 계속 이러잖아."
이런 생각이 들기 쉬운 것 같아요. 그 순간에 치료를
중단하고 단약을 하는 사람들도 있는 것 같고요.

반   맞아요. 병원에 잘 나오시다가 안 나오시는 분들도
계세요. 몇 달 혹은 몇 년 뒤에 다시 병원을 찾아오시기도
하고요. 약을 먹으나 안 먹으나 큰 차이가 없다고
생각하거나 치료를 다시 시작하기에는 여유가 나지 않아
내원하지 않는 경우도 있어요. 몇 년간 그냥 잘 지내시다가
다시 힘들어져서 오시는 경우도 있지만, 치료를 계속
유지했다면 증상이 악화되지 않았을 텐데 하는

안타까움이 드는 경우도 많이 있죠. 나 자신이 계속 약에 끌려다니는 것만 같고, 약이 줄어들지도 않는 것 같고, 그래서 스스로가 약에 대한 통제감을 느끼지 못할수록 약을 중단하고 싶은 마음이 들 수 있어요. 그런 경우에는 의사와의 매우 신중한 상의 후에, 컨디션에 따라 일부 약을 줄여보는 식으로 자가 조절해서 복용하는 방법이 도움될 수 있어요. '내 컨디션에 따라 내가 약을 조절할 수 있어'라는 식으로 통제감을 획득하는 거죠.

오   그런 방법도 있을 수 있군요. 무작정 안 먹거나, 먹거나 하는 것 사이에 존재하는 좋은 선택지 같아요. 사실 복용 기간이 5년, 6년이 넘어가면 환자 입장에서는 지겨워서 하나라도 빼고 싶어지기는 해요.

반   그럼요. 당연히 그렇죠.

오   잠은 자야 하니까 밤약은 잘 먹는데 아침약 중에 이런 건 빼도 되지 않나? 이런 생각이 들어서 의사에게 여쭤본 적이 있어요. 내 마음대로 약을 빼자니 약간 걱정도 되고요. 그런데 여기서 궁금한 점 하나가⋯ 환자가 이런 거를 물어보는 건 좋은 일인 거죠?

반　당연하죠. 저는 꼭 환자분들께 당부해요. 약을 정말 너무
　　중단하고 싶다면 일단 복용하도록 설득하긴 하겠지만,
　　그래도 너무너무 중단하고 싶다면 차라리 안전하게
　　줄여나가는 과정이라도 도울 테니 꼭 임의로 중단하지
　　말고 알려달라고요. 사실 환자는 약을 그만 먹고 싶어서
　　의사한테 물어봐도 그냥 계속 먹어야 한다는 답변밖에
　　들을 수 없을 거라고 생각하고, 본인이 마음대로 조절해
　　버리거나 모든 약을 갑자기 확 끊기도 해요. 그게 더
　　위험하죠. 물론 어떤 경우에는 제가 이 약은 하늘이 두 쪽
　　나도 이렇게 유지하셔야 한다고 할 때도 있지만요. 어쨌든
　　적어도 꼭 상의를 해주셨으면 하기 때문에, 저는 의사에게
　　물어보시기를 권합니다.

오　그 약이 수상하게 느껴지면 그것도 좋지 않으니까
　　의사한테 물어봐야겠네요. 복용량을 줄이고 싶다든지
　　어떤 약을 빼도 되는지 같은. 약을 먹으면 지하 100층으로
　　떨어질 거 지하 10층으로 떨어진다고 했던 의사 선생님의
　　말이 다시 생각나네요. 그 말이 제게는 정말 직관적으로
　　다가오더라고요. 그러니까 약을 먹으면 심하게 우울할 게
　　좀 우울한 정도가 된다는 거잖아요. 우울해서 막 쓰러질 것
　　같은 기간도 조금은 버틸 만한 느낌으로 지낼 수 있다거나
　　빨리 회복할 수 있게 되는⋯. 약을 먹는다고 안 우울해지는

건 아니지만.

반   그 선생님께서 잘 설명해주신 것 같아요. 작가님도 잘
받아들이신 것 같고요. 의사가 그렇게 말을 했을 때
수용하는 경우도 있지만 귀에 잘 들어오지 않아
받아들이지 않는 경우도 있거든요.

오   그냥 네가 뭘 알아, 속으로 생각할 수 있죠. 하하. 저는
정말 알고 싶었고요. 낫고 싶었거든요.

반   앞서 이야기 나눴지만 치료가 장기화될수록 단약이나
치료 중단에 대한 환자분들의 고민이 깊어지는데요.
작가님이 치료를 그만두고 싶으셨던 순간은 언제였나요?

오   아무래도 어느 날 갑자기 약을 먹는 게 지긋지긋하게
느껴질 때죠. 매일 아침마다 밤마다 루틴처럼 약봉지를
뜯잖아요? 그때 갑자기 그런 생각이 들어요. 아, 진짜
지긋지긋하다.

반   맞아, 지긋지긋하다는 그 표현을 많이 쓰세요.

오   그냥 약이라서 그런 면도 있는 것 같아요. 약이 정말

많으니까 가끔 위가 더부룩할 수 있잖아요? 하하. 그럴 때랑⋯ 아, 그리고 선생님이 잠깐 얘기하시기도 했는데, 주변에서 말을 들을 때요. 예를 들면⋯

반   "아직도 병원에 다녀?" 같은?

오   네, 맞아요. 딱 그거요. 특히 졸피뎀이 그렇죠. "야, 그거 매일 먹으면 안 된대! 큰일 난대!" "그것만큼은 끊으면 안 될까?" 친한 사람이 진정 사랑으로 얘기하기도 하고⋯. 하지만 저는 제 코가 석 자니깐, 당장 오늘 밤 자야 내일을 사니까 그 방송을 보고도 그냥 넘어간 케이스인데요. 안 그랬던 사람도 많겠죠. 제 케이스가 무조건 옳다는 건 아니지만요.

반   많이들 걱정하고 말리죠. 방송조차도요.

오   누가 지나가는 말로 "너 그거 안 좋대, 나쁘대" 해도 어쩌겠어요. 이 사람이 당장 오늘 밤 나 재워줄 것도 아닌데. 나는 내일 오전 10시에 일어나서 맑은 정신으로 미팅을 해야 하는데. 이 약을 먹지 않으면 1초도 못 잘 수 있는 삶을 그 사람은 모르잖아요. 정말 1초도요. 하하하. 정해진 타이밍에 잘 수 있다는 건, 수면을 조절할 수 있다는 건 제겐 정말 인생을 바꿔주는 일이었거든요.

반 　그렇죠. 잘 자는 건 일상을 일상답게 유지하는 데 너무나
　　중요한 역할을 하니까요. 주변인들 반응을 들으며 약을
　　중단해야 하나 싶은 생각도 많이 드셨을 텐데, 그래도
　　단약하면 안 된다는 확고한 마음이 있으셨나 봐요.

오 　단약에 대해서는 저도 막연히 그냥 '진짜 나쁘대' 이런
　　말을 들은 정도였는데요. 이상하게 확 와닿았어요. 그
　　말을 하는 사람들의 표정이나 분위기가 알고 말하는
　　느낌이었다고 해야 하나. 그래서 '아, 진짜 무서운 거구나'
　　막연하게 생각했어요. 하하. 그리고 정보를 찾아봤죠.
　　어려운 얘기니까 대충 이해해보면, 약의 작용은
　　복잡하니까 일단 먹으라는 거예요. 그래서 오케이, 하고
　　계속 유지한 거거든요. 저는 약을 먹으면 일상이 나아질 수
　　있다는 설의 증인입니다.

반 　증인으로서 책을 내주시고 이렇게 말씀도 해주셔서
　　감사한 마음입니다. 하하. 약을 중단하고 싶은 생각
　　안에는, 약을 먹는다는 사실 그 자체를 인정하기 어려운
　　마음도 있는 것 같아요.

오   네, 있죠. 얼떨결에 치료는 시작했는데 아직 마음에
      해소되지 않은 두려움이 있는 거예요. 내가
      정신병자라고? 내가 정신과 약을 먹는다고? 이런
      불편함이요. 그래서 자신이 무서워하고 혐오하는 존재가
      된다는 게 싫어서 약을 안 먹어버리는 케이스도 있는 것
      같아요. 그 논리에서는 약을 먹지 않으면 환자가 아닌
      거죠. 보자기로 덮은 후에 내 눈에 일단 안 보이면 없다고
      생각하는 것처럼…. 하지만 어떤 경우 보자기 아래에선
      곰팡이가 증식 중이라고 생각하거든요. 아, 약을 먹는
      스스로를 한심하다고 생각하는 경우도 있는 것 같아요.
      이걸 먹고 있는 내가 뭔가를 극복하지 못한 사람인 것 같은
      거죠. 그래서 그냥 안 먹어도 괜찮지 않을까라는 생각으로
      빠져버리고. 그러다 6개월 뒤에 묘하게 상태가 굉장히
      나빠질 수도 있고….

반   작가님이 지금까지 말씀해주신 부분들이, 약을 오래
      유지하는 분들이 대체로 많이 갖는 회의감인 듯해요.

오   아, 그렇군요, 선생님은 그런 환자를 많이 보시겠어요.
      그런데 계속 약을 먹다 보면 어느새 약이 줄어 있거든요.
      한두 달로는 변화를 느끼기 어려운데 2~3년을 기준으로
      체크해보면 어떤 변화가 보이는 것 같아요.

반　자기 삶을 이렇게 먼 궤적으로 놓고 바라보는 일이 쉽지 않은데, 그렇게 하실 수 있었다니 정말 다행이라고 생각해요. 장기 치료를 유지할 때는 방금 작가님이 말씀하신 것처럼 좀 더 긴 시간 단위로 바라보는 시도를 해보기를 권하고 싶어요. 하루하루는 비슷하고 변화가 없는 것 같지만, 어느 날 문득 뒤를 돌아보면 '어, 그러고 보니 약이 줄었네', '어, 그러고 보니 요즘에는 친구들한테서 왜 이렇게 한숨을 많이 쉬냐는 얘기를 안 듣네'라고 생각할 수 있게 되거든요.

오　제게도 아직 공포가 있긴 해요. 아주 나빴을 때의 증상이 돌아오면 어떡하지, 이렇게 약을 계속 먹는데도 그러면 어떡하지… 하고요. 그럴 때는 무력해지기도 하죠. 그래도 제 경우에는 분명 약이 많이 줄었고, 스틸녹스 그러니까 졸피뎀 없이 자는 날도 요즘은 꽤 있어요. 아티반은 필요할 때 먹지만, 그 양도 굉장히 적고요. 분명한 건 예전에 절 괴롭히던 증상 중 많은 게 사라졌다는 것이에요.

반　염려를 안은 채로 긍정적인 변화를 바라보는 일은 꼭 필요하면서도 사실 쉽지 않은데, 어려운 일을 잘하고 계시다는 말씀을 드리고 싶어요.

오   감사합니다. 하하. 요즘은 의사 선생님이랑 잠드는 시간을
    앞당기자는 얘기를 많이 하는데요. 선생님도 저도 맷집이
    있어서 선생님은 스틸녹스 없이 자보자고 하시고, 저는
    그래도 조금은 있어야 하니까 처방해달라고 하고. 하하.
    그렇게 솔직하게 얘기하면서 같이 가고 있어요. 이
    선생님이 나를 나아지는 방향으로 끌고 간다고
    생각하니까 따라가게 되는 것 같아요. 지금은 막연한
    기대감이 있는데 그 마음은 제가 긴 치료 기간을 겪었기
    때문에 가질 수 있었겠죠. 역설적으로요. 그 시간이
    없었으면 아마 이런 희망적인 생각을 못했을 거예요. 만약
    회의감을 심하게 느꼈던 과거의 나를 만날 수 있다면 이런
    말을 해주고 싶어요. 진짜로 단약하고 싶으면 지금 잘
    먹어야 한다고요.

아빌리파이에 대한 오해와 진실을 파헤쳐봅시다

반   궁금한 게 또 있어요. 작가님은 약의 부작용에 대한 설명을
    어디까지 듣고 싶으신가요?

오   가능하면 다 듣고 싶죠. 너무 듣고 싶어요.

반　역시 그렇죠? 많은 환자분이 당연하지만 부작용에 대한 설명을 많이 듣고 싶어 하는 것 같아요. 저도 진료 시간에 부작용에 대한 설명을 충분히 해드리려고 해요. 그런데 사실 진료 환경에 따라 충분한 설명이 현실적으로 불가능할 수도 있거든요. 진료 시간이 여유롭다고 하더라도 모든 부작용을 안내하기가 쉽지 않은 것도 고민하게 되는 부분이고요.

오　그렇죠, 워낙 많으니까요.

반　네. 약 설명서를 보면 정말 각 약별로 일어날 수 있는 부작용이 수십, 수백 가지가 적혀 있어요. 게다가 의사가 약에 대한 중요한 정보를 요약해서 설명한다고 하더라도 환자마다 부작용이 다를 수 있기도 하고요. 특히 정신과 약물의 경우 약에 대한 걱정과 불안은 약의 효과에도 영향을 줄 수 있어요.

오　저는 같은 약이어도 제 상황이랑 상태에 따라 다르게 작용한다 싶은 때도 있는걸요.

반　그렇죠. 노시보 효과nocebo effect라는 게 있어요. 치료 전에 주어지는 부정적인 정보로 인해 환자가 실제로

해로운 결과를 경험하는 현상을 말하는데요. 플라시보
효과plcebo effect와 정확히 반대되는 현상이죠. 예를 들어,
"이 약이 두통을 유발할 수 있다"라고 들으면 실제로
두통을 경험할수 있다는 거예요. 어떤 경우는 이
정도에서만 끝나는 게 아니라, 약에 대한 부정적인 기대가
뇌의 통증 처리 시스템을 자극해서 실제로 통증이나 불안
같은 증상을 유발하기도 해요. 불안을 가라앉히려는 약을
먹는 건데 오히려 불안해질 수도 있는 거죠.

오 맞아요, 괜히 약 먹어서 그런가 하는 생각이 들 수도 있을
것 같고. 그런 말을 들으면 약을 먹기 더 무서워지기도
하는 것 같아요.

반 일종의 딜레마라고 생각해요. 의사에게는 정보 제공
의무가 있는 것이 당연하지만, 그와 동시에 약효를
저해하거나 증상을 악화시킬 수 있는 상황을 만들지
않아야 하기도 하니까요. 어떤 환자의 경우에는 부작용을
몰랐을 때는 증상이 없다가, 듣고 나서는 증상이
나타나기도 해요.

오 정말 그럴 수도 있을 것 같기는 해요. '정신과 약 먹으면
멍해진다던데?' 이런 말 들으면 괜히 좀 그런가 싶은

느낌이 들 수도 있을 것 같고요. 그리고 이건 조금 다른 얘기일 수 있지만 약 부작용 중 하나가 체중 증가라는 말을 들으면 그 약 때문에 살찐 것처럼 느껴지거든요. 하하. 바로 제가 아빌리파이라는 약에게 느낀 기분인데요…

반   아, 아빌리파이!

오   아빌리파이에 대한 오랜 증오를 생뚱맞게 산부인과에서 해소하게 된 이야기를 이 책에 썼습니다만…. 이 모든 게 죽일 놈의 아빌리파이 때문이라고 생각했는데 그게 아니라 생각해보면 사실 내가 다 먹었기 때문인 거죠. 아빌리파이가 직접 배달의 민족 앱을 열어서 주문해가지고 내 입에 음식을 넣은 게 아니잖아요. 물론 걔가 꼬셨을 수는 있지만요. 하하. 현대인에게는 살찐다는 게 굉장한 스트레스 요인이잖아요. 살찐 사람은 게을러 보인다는 둥 자기 관리를 못하는 사람이라는 인식도 크고요. 젊은 여성의 경우에는 그 편견이 더 크게 작용하는 경우가 많죠. 그런 와중에 의사가 부작용에 대해 설명하면, 그러니까 아빌리파이를 처방하면서 체중 증가 부작용을 먼저 말하면 그 점을 더 의식하게 될 수도 있을 것 같아요. 인터넷에서 '아빌리파이는 살찐다고 하니까 절대 안 먹을 거임' 이런 글도 많이 봤거든요. 아까는 부작용에 대한 설명을 최대한 많이 듣는 게 무조건 좋다고 말씀드렸는데, 선생님과 이야기를 나누다 보니 그것도 참 복잡한 일이네요.

반 네. 물론 아주 높은 빈도로 명백히 발생하는 부작용의 경우에는 말씀을 드리기가 차라리 쉽지만, 아빌리파이의 경우 체중에 미치는 영향이 워낙 일관적이지 않다 보니 더 조심스럽기는 해요.

오 사실 사람에 따라 다르고, 이렇기도 하고 저렇기도 하고, 아니기도 하고 맞기도 하고 그런 거죠.

반 네. 이런 경우에는 부작용과 관련한 정보 전달을 한 번 더 고민하게 돼요. 앞서 말씀드렸듯 약에 대한 신뢰도에 따라 반응이나 효과가 달라질 수도 있으니까요. 부작용을 안내받지 못한 경우에는 진료 시간 외에도 그런 연유들이 있을 가능성이 높죠. 어찌 되었든 만약 부작용이 고민된다, 궁금하다 하면 의사에게 적극적으로 물어보시면 좋을 것 같아요.

오 그럴 것 같아요. 저도 제가 먹는 약의 부작용을 직접 찾아봤거든요. 일일이 물어볼 순 없잖아요. 그런데

검색해서 나온 부작용 얘기를 제 삶에 바로 대입해보게
되더라고요. 혹시 지금 내 이런 상태가 부작용 때문인가?
그런데 환자들이 의사한테 얘기를 잘 못해요. 처방에
이의를 제기하는 것처럼 느껴질까 봐. 실은 저도 아직
그렇고요.

반   맞아요. 당연한 권리인데도요.

오   저도 엄청 고민하다가 주저거리며 말했어요. "선생님,
제가 최근에 체중이 좀 늘었는데요. 아빌리파이가 의심이
되거든요…." 그런데 선생님이 정말 흔쾌히 "그래요, 다른
거 써봅시다" 하시는 거예요. 나 이제까지 왜 고민한 거지,
생각이 들 정도로요. 의사와 약에 관해 이야기할 수 있다는
걸 환자들이 자꾸 까먹는 것 같아요. 내가 반기 드는
것처럼 보일까 봐, 시비 거는 것처럼 될까 봐 두려워하는
마음이 생긴다고 할까요. 이인삼각으로 가야 하는 치료
과정인데 그저 잘 따르거나 아니면 불편해서 안 가거나,
약을 마음대로 빼버리거나… 약의 종류는 다양하고
그만큼 그 조합도 다양할 텐데 말이에요.

반   어떤 마음에서 주저하시게 되는지가 느껴져요. 그렇지만
말씀하신대로 이인삼각으로 같이 가야 하는 과정이니

궁금하거나 걱정되는 것들을 진료 시간 중에 가능하면 꼭 다뤄보셨으면 좋겠어요. 아빌리파이는 교과서적으로는 체중 증가 가능성이 낮은 약으로 분류돼요.

오   그러니까요. 그게 그렇다면서요?

반   네. 그 가능성이 완전히 없다고 보기는 어렵지만요. 그런데 또 정신과 약뿐 아니라 생각보다 아주 많은 약의 설명서에 빼곡하게 적힌 글을 보면, 거기에 체중 증가에 대한 얘기가 써 있기도 해요. 존재할 수 있는 갖가지 부작용과 함께요. 그렇기 때문에 이 모든 약들이 다 체중 증가 위험을 뚜렷하게 가지고 있다고 표현해야 하는지는 고민하게 되는 거죠.

오   그렇죠. '체중 증가 가능성이 완전히 없는 건 아니다'라는 말에도 또 한 명의 환자가 아빌리파이를 버리고 안 먹게 될지도 모르고요.

반   네. 그래서 표현 하나하나를 거짓은 없이, 그러나 신중하게 해야 한다고 늘 느껴요. 아빌리파이 얘기를 조금 더 드리면, 교과서나 임상지침에서는 아빌리파이가 체중 증가 위험 면에서 안전한 약이라고 설명하기는 해요.

그러나 말씀드렸듯, 다른 많은 약들과 더불어 위험이 아예 없지는 않고요. 그리고 저나 많은 정신과 의사들이 경험적으로 느끼는 건, 아빌리파이의 체중 증가는 개인별로 편차가 꽤 있다는 점이에요. 어떤 사람에게는 체중에의 영향이 전혀 없고, 그런데 또 어떤 사람은 체중 증가를 경험하기도 하고요. 체중 증가 여부나 그 기전이 완벽히 밝혀진 것은 아니지만, 약이 수용체에 미치는 영향으로 인해 식욕이 증가하게 되는 요인이 크기는 해요. 물론 작가님께서는 '그러니 체중 증가는 약의 탓이 아닌 많이 먹은 나의 탓이다'라고 하셨지만, 생물학적으로 수용체가 자극되어 식욕이 증가하게 된 상황이라면 그 식욕을 의지만으로 조절하기는 몹시 어려운 일이기는 할 거예요. 그리고 식사량과 활동량의 변화가 없는데도 살이 찌는 경우도 드물지만 있기도 하고요. 그런 경우는 약이 에너지 소모를 줄이기 때문이라는 가설이 있기는 해요.

오   그렇군요. 약을 먹으면 살이 찐다, 안 찐다로 단언하기 어려운 부분이 있겠네요. 이론과 현실도 약간은 차이가 나는 것도 있고, 사람마다 반응이 많이 다르기도 하고…. 정말 어렵군요.

반   네. 그래서 제가 제안하고 싶은 건, 만약 체중 증가를

경험한다면 일단은 식사량과 활동량을 최대한 가능한
만큼 조절해보았으면 하는 거예요. 그런데도 체중 증가가
지속되거나 또는 식사량을 조절하기가 너무 어렵다면,
그다음으로는 이득과 손실을 고려한 결정을 했으면 해요.
치료 효과와 부작용의 크기를 비교해서, 일단은 얻는
우울감 감소 효과가 더 크면서 부작용이 너무 심한 정도는
아니라면, 그러니까 건강을 위협하는 수준의 비만은
아니고 약간의 체중 증가가 있는 정도라면, 일단은 약을
유지하면서 계속 의사와 상의를 해나갔으면 해요.

오 무슨 아빌리파이 성토대회처럼 되었네요. 사실 정말 좋은
약이라고 생각해요. 상당히 힘들었던 시기가 있었는데요.
그때는 상태가 나빠졌을 때 확 가속도가 붙어서 나빠지는
그런 시기였거든요. 조금 쉰다고 나아지지 않는 그런
시기요. 아마 그때 아빌리파이 같은 약이 어찌어찌 저를
버티게 도와줬던 것 같아요. 일단 버텨야 낫잖아요?
적게나마 할 수 있는 일을 할 수 있게 도와주는 기능이
있던 것 같아요. 제가 바로 1년에 10킬로가 찐 그
케이스입니다만. 하하. 근데 돌이켜보면 그 부작용이
제게는 그리 치명적이지 않았어요. 일단 체중을 이유로
스스로를 미워하는 때가 지나기도 했고요, 그 시기는
사람마다 다르긴 하겠지만 어쨌든…. 우선 저는 의식주를

제대로 해나가는 게 급선무였기 때문에 별 고민 없이 그냥 먹었어요. 그러다 생활하기가 조금 괜찮아지고부터는 복용 리스트에서 뺐죠.

반 그러셨군요. 작가님이 하신 것처럼, 나에게 필요할 때는 그 약을 활용하고, 증상 조절 차원에서 어느 정도의 목표치를 달성하면 복용량을 줄이거나 빼는 방식도 있을 수가 있으니, 꼭 의사와 함께 긴밀하게 자신의 상태를 지켜보면 좋겠습니다.

우울증 환자는 정신과 문턱을 넘는 순간 반은 치료된다라는 말

오 '우울증 환자는 정신과 문턱을 넘는 순간 반은 치료됐다'라는 말, 동의하세요?

반 아, 그럼요. 완전 동의해요.

오 저는 20대부터 30대 초중반까지 불면증으로 정말 힘들어하다가 서른셋부터 병원을 다녔는데요. 그렇게 치료를 시작하면서 병원을 안 갔던 그 시간을 정말 많이

후회했어요. 그동안 내가 잃어버린 것들이 너무
아까워서요. 그러다 보니 친한 친구나 아는 사람이
힘들어하는 걸 들으면, '이 사람도 병원에 가면 좋을 텐데'
하는 생각이 들더라고요. 현대인은 그런 생각이 들어도
가만히 있는 게 미덕이지만, 저는 좀 멀어질 각오를 하고
말해요. 왜 자기를 정신병자 취급하느냐는 사람도 있고,
기분 나빠 하는 사람도 있고요. 그래도 저는 가능하면
끈질기게 제안하거든요.

반   안타까운 마음에….

오   맞아요. 최근에도 친구가 일상생활에서 너무 큰 어려움을
겪고 있어서 조심스럽게 검사를 받아보는 걸 제안했어요.
병원에 가는 것도 쉽지 않았지만, 어쨌든 함께 내원하게
됐고 실제로 ADHD를 진단받았어요. 결론 먼저
이야기하자면 친구는 약을 먹지 않기로 했어요. ADHD를
진단받긴 했지만 약을 먹지 않고도 잘 해낼 수 있다고
해서요. 그런데 저는 그것만으로도 큰 발걸음을 뗀 거라고
생각해요. 진단을 받은 것과 아닌 것에는 큰 차이가
있잖아요. 그 친구와의 사이는 여전하지만, 그날 이후로
친구가 이전과 같은 어려움을 겪어도 제게 얘기는 안 하는
것 같아요. 약을 안 먹으니까 그렇지, 라는 말을 들을까 봐

그러는지. 저는 그런 말을 한 적은 없지만요. 그래도 그 친구의 선택을 존중해요. 그래도 병원에서 정식으로 진단받았으니까 나중에라도 덜컥 '이러다 큰일 나겠다' 싶으면 병원에 한결 수월하게 갈 수 있잖아요.

반   그럼요. 두 번째 방문은 훨씬 부담이 덜하죠.

오   그렇죠. 언젠가 동료들과 티타임을 가진 적이 있는데, 지인이 어떤 증상 때문에 많이 괴로웠던지 가볍게 하소연을 하시더라고요. 저는 그때 병원에 다니며 치료받고 있었는데 그분과 비슷한 증상을 겪고 있었거든요. 그래서 진지하게 말한 거죠. "약을 안 먹고 제게 하소연을 하시면…." 그런데 당시에 제가 할 수 있는 말이 많이 생각나지는 않더라고요. 배가 아픈데 약도 먹지 않고 아프다고 하는 친구한테 "진통제를 먹어보면 어때?"라는 말 외에 어떤 말을 할 수 있을지 모르겠는 거예요. 약이 만능은 아니지만, 인생의 어떤 문제는 한 사람이 어떻게 할 수 없기도 하고, 그럴 때는 가능한 최적의, 많은 도움을 받는 수밖에 없잖아요.

반   할 수 있는 말이 바로 떠오르기 어려웠을 것 같아요.

오　적극 투자를 권유하듯 병원에 가라고 한 거죠. 그래서
　　분위기가 약간 싸늘해졌지만요. 하지만 저는 그런 믿음이
　　있거든요. 이게 병인지 아닌지, 약을 먹어야 할지
　　아닐지는 의사가 판단할 거라는. 저는 사람들이 정신과
　　문턱까지만이라도 갈 수 있게 사람들의 거부감을 되게
　　줄이고 싶어요.

반　이 책이 아마 그런 역할을 하지 않을까 싶어요. 작가님도
　　경험을 많이 해보셔서 아시겠지만, 주변인에게 병원에
　　가보라고 제안하는 일이 쉽지 않잖아요. 뒤늦게 병원에
　　다니게 되면서 너무 많은 도움을 받았으니 다른 사람들도
　　꼭 갔으면 하는 마음이 들지만, 내원을 권하는 과정에서
　　오해를 사기도 하고 트러블도 종종 생겨요. 상대방의
　　기분이 상할 수도 있고요. 권하는 사람도 그런 반응을 보며
　　속상해하죠. 그런 고민이 있는 분들께 제가 말씀드리는
　　건, 일단 권하는 사람이 자기 자신을 잘 지키라는 거예요.
　　작가님이야 물론 알아서 잘하시겠지만….

오　아니고, 아니에요. 11년째 약 먹고 있는 사람은 그런 거 잘
　　못하죠. 하하.

반　사실 제게도 많이 물어보세요. 누군가 많이 힘들어하는데,

병원에 가라고 어떻게 설득하면 좋을지요. 그럼 말해요, 일단 내가 반드시 설득해내야 한다고 생각하지 말라고요. 우리가 타인을 움직이게 하는 데는 반드시 한계가 있어요. 물론 설득하고 싶은 사람의 마음은 백번 이해하죠. 그 사람이 힘들어하는 게 너무 눈에 보이고, 병원에 가서 도움을 받는 게 맞으니까.

오   택시 태워서 보내고 싶어요.

반   마음이 그래요. 그렇지만 내가 맞고 옳다고 생각하는 방향으로 상대를 움직일 수 없죠. 비유하자면, 마치 어떤 종교를 믿지 않는 사람에게 그 종교를 전도할 때랑 비슷한 거예요. 어떤 종교가 맞다, 아니다라는 이야기도 아니고 의학이 종교라는 얘기도 아니니까 감안하고 들어주세요. 아무튼 전도하는 사람은 그게 너무 좋으니까 다른 사람도 믿었으면 좋겠는 거잖아요. 그런데 내가 믿는다고 상대도 믿게 할 수는 없어요.

오   정말 그러네요.

반   타인을 통제할 수 없다는 사실을 받아들이지 않으면, 본인이 너무 소진돼요. 설득하고, 오해를 사기도 하고

하는 그런 과정을 거치면서 내가 나를 잘 지키지 못하고
소모될 수 있어요.

오   설득하는 과정에서 힘이 많이 들기도 하고 실망도
하니까요.

반   작가님의 주변에는 내원이나 약물치료에 대해 물어보는
사람도 많고, 작가님 자신도 애쓰며 주변인들을 설득하는
상황을 겪으시면서 나름의 어떤 입장을 세우실 수 있던 것
같아요. '나는 듣는 사람이 좋아하지는 않겠지만 그래도
도움을 받을 수 있도록 설득하겠어'라는 입장 말이죠.
그런데 작가님 같은 분들도 의욕적으로 상대를
설득하다가 관계가 안 좋아지거나 하면 또 자책하기도
해요. '내가 너무 과했나?' 소위 말해 현타(현실 타격)가
오는 거죠.

오   저희 전문이니까요. 자책, 되짚기, 새기기.

반   관계는 관계대로 안 좋아지고, 나도 자책하고…. 처음
의도는 그게 아닌데 최종 결과가 그렇게 되면, 그게
스스로를 더 힘들게 하는 일이 될 수 있어요. 그래서 저는
꼭 말씀드리고 싶어요. 내가 병원을 열 명에게 권했을 때

그들 중 아무도 병원에 가지 않는 것을 일단 기본 값으로 생각하라고요. 만약 내가 열 명을 설득했는데 그중 한 명이 병원에 갔어요. 그럼 대박인 거죠. 사람 마음을 움직여서 실제로 행동하게끔 하는 일이 얼마나 어려운데요. 뭘 먹었는데 너무 맛있어서 친구한테 먹어봐, 먹어봐 했어요. 근데 자꾸 권하니까 친구가 오히려 싫어할 때도 있잖아요. 그런데 먹어봐, 먹어봐 보다 맛있다, 맛있다, 하면 상대가 오히려 먼저 궁금해할 수 있어요.

오 여기 맛집이니까 꼭 가보라는 말보다 내 SNS에 음식 사진 올리면 여기 어디야, 너무 맛있어 보인다, 나랑도 먹으러 가자, 하는 것처럼요.

반 그렇죠. 내가 병원에 가고 진단을 받고 치료하는 과정을 통해서 어떻게 달라졌는지를 그냥 이야기하는 것만으로도 충분한 것 같아요. 좋은 경험을 들려주는 거죠. 물론 거짓말하는 건 아니되, 살짝 MSG를 쳐서, 하하. 긍정적인 느낌을 받는 게 중요하니까요.

오 적절한 감칠맛이 필요할 때도 있죠. 그러고 보니 뭔가 어려움을 겪던 주변 친구들도 그렇게 병원에 간 것 같아요. "너 병원 다니고 나서 잠 잘 자더라. 약 먹는 거 위험하지

않아? 많이 먹으면 안 좋다던데?" 하고 물으면 제가
말했거든요. "요새 정말 많이 나아졌어. 부작용은
이러이러한데, 나는 괜찮아. 처방받은 거라 걱정할 필요
없어."

반   만약 도움이 필요한 누군가가 있다면 그렇게
     접근해보시는 것도 좋을 것 같아요.

오   정말, 정말 꿀팁이에요.

반   그렇다면 다행입니다, 하하.

오   저는 그냥 한 명의 환자라서 제 경우밖에 모르는데
     선생님은 많은 환자를 보시잖아요. 선생님과 이렇게
     대화하다 보니까 저와 같은 사람들이 많다는 걸 새삼 알게
     됐어요. 다들 비슷한 실패를 하고 비슷한 상처를 받는구나
     싶고, 한편으로 치료자의 입장과 마음도 생각해보게
     되네요.

반   네. 저도 진료실에서 환자분들과 나누어왔던 이야기들의
     사이사이가 채워지는 듯한 느낌을 받았어요. 저 자신의
     마음가짐도 돌아볼 수 있었던 것 같고요.

오   새삼 여러 생각이 드네요. 역시 환자와 치료자가
    이인삼각으로 함께 가는 것이 중요한 것 같아요.
    기본적으로 의사가 진단하고 약을 처방하면, 환자인 나는
    처방대로 먹고 노력해야 하는 관계이지만, 거기서 끝이
    아니구나, 서로 치료에 관해 묻고 또 제안해야 하는구나.
    이쪽이랑 저쪽이 함께 쿵, 짝 하는 게 중요하다는 생각이
    새삼 드는 자리였어요.

반   약간 진행 마무리 멘트 같은데요.

오   라디오에서 닳고 닳아서 그렇습니다.

반   역시 라디오 내공은 다르군요.

오   하하, 진심에서 나온 기술이랄까요. 오늘이 제게 특별했던
    이유는 의사의 입장에서 환자에게 궁금한 점을 들을 수
    있는 자리였던 점이 크거든요. 그럴 수 있는 기회가
    없었어요. 그리고 선생님의 질문이 묘하게
    신기하더라구요. 저런 걸 궁금해하시는구나 싶고. 당연한
    말이지만 '정말 환자를 도우려고 하는구나…' 이런 생각도
    들었습니다. 말하고 보니 정말 당연하네요. 하하. 사실
    시간이 모자랄 정도로 할 얘기가 너무 많았어요. 그리고

저희 케미는 위험한 수준인거 같고요. 하하.

반　네. 오늘 작가님 처음 뵌 게 맞나 싶을 정도로 홀린 듯 많은
　　얘기를 할 수 있었어요.

오　나중에 더 많은 얘기를 할 수 있는 기회가 있었으면
　　좋겠습니다. 너무 감사드려요. 정말 즐겁고 유익한
　　시간이었습니다!

반　저도 많은 환자분들이 고민하셨을 질문을 작가님 통해서
　　듣는 것 같아 많이 배울 수 있었습니다. 작가님과 저의
　　바람처럼, 이 책이 일상에서 어려움을 겪는 많은 이들에게
　　도움이 되면 좋겠습니다. 감사합니다.

초판 1쇄 인쇄 2025년 4월 15일
초판 1쇄 발행 2025년 4월 23일

지은이 오지은, 반유화
펴낸이 최순영

출판1본부장 한수미
컬처 팀장 박혜미
편집 이문경
디자인 정명희
일러스트 허안나

펴낸곳 ㈜위즈덤하우스 **출판등록** 2000년 5월 23일 제13-1071호
주소 서울특별시 마포구 양화로 19 합정오피스빌딩 17층
전화 02) 2179-5600 **홈페이지** www.wisdomhouse.co.kr

ⓒ 오지은 반유화, 2025

ISBN 979-11-7171-356-1 03810